Vida vivida

histórias de um advogado

José Alberto Couto Maciel

Vida vivida

histórias de um advogado

José Alberto Couto Maciel

EDITORA

Apresentação

Meu pai é um homem que viveu e vive intensamente. Sua vida até aqui teve dores imensas e felicidades ainda maiores. Extremamente amoroso, ele é, para cada um dos seis filhos, de modo particular, uma referência muito forte, nos percebendo atento e silencioso, acatando nossas diferenças e, muitas vezes, nos invadindo com seus rompantes ruidosos. Assim como quando toca bateria, ele sabe fazer barulho. Todos nós aprendemos com ele a rir com a vida e a fazer barulho também.

Para mim, a mais velha, é um grande parceiro, um lugar de confiança, sempre presente. Editar este livro foi um desafio imensamente emocionante – cheio de adjetivos.

Desde pequena acompanho seu modo alegre de estar na vida, alegria que no caso é verbo – modo e força de ação. Talvez pudesse falar de coragem, palavra que significa "bravura que vem de um coração forte", o que realmente me remete a ele – não a falta de medo, e sim a força de encará-lo –, mas acho que o que mais gostaria de ressaltar é sua infinita capacidade de reinventar a própria vida, de estar sempre buscando ser melhor, viver melhor, compreender.

Me lembro de vê-lo pintar quando era ainda bem criança, desenhava traços que formavam um rosto, de modo espontâneo e preciso. Arte que foi desenvolvendo ao longo do caminho e passou a ser sua grande companheira nesses últimos anos, incluindo os tempos tão difíceis de pandemia. Sua produção tornou-se imensa, ele pinta todos os dias, desenvolvendo um estilo bastante próprio que o leva agora à primeira exposição. A casa em que mora tem paredes, chãos, árvores e pedras cobertos por seus riscos e cores. Ele se espalha, sempre.

Com a mesma espontaneidade, meu pai escreve. Repetindo os traços soltos da pintura, ele nos conta aqui histórias de sua vida. Vai juntando momentos sem seguir a linha do tempo ou dos assuntos, escreve como vem à memória – uma colagem de imagens, sentimentos e fatos que se misturam e compõem um grande mosaico no qual busca a si mesmo. Mais do que nos contar sua vida vivida, os textos aqui reunidos nos desenham seu retrato: um homem em movimento, sempre em busca de formas de expressão, arranhando a vida com palavras e tintas.

Te amo, pai.

Boa leitura!

Adriana Maciel
Editora

À Mônica, como sempre, aos meus filhos Adriana, Renata, Bruno, Paula, Manuela e Pedro, aos meus netos Raíssa, Rudah, Nícolas, Melissa, João, Nina, José, Maria e Bento e ao meu bisneto, Ravi.

SUMÁRIO

Pequena Introdução

Não sei se ainda estarei por aqui quando for conhecida esta história que conto e que até pode ser publicada como um livro.

Certamente que se estiver, haveremos de rir e perguntar como é que consegui fazer e escrever tanta bobagem. Se não estiver, evidentemente que eu, em forma de espírito, estarei rindo da mesma maneira, especialmente porque, como vocês não estarão me vendo, não poderão nem comentar comigo sobre esta vida complicada sobre a qual resolvi escrever.

O interessante, porém, é que vivi, fiz o que quis, amei, me emocionei, e consegui fazer tudo que quando era criança eu mesmo duvidava, ou seja, consegui ter uma mulher maravilhosa, os filhos que quis, netos fantásticos, meu bisneto genial, viajar conhecendo um pouco do mundo, ter dinheiro para viver bem e dar uma boa estabilidade a todos quando não mais estiver aqui; enfim, sinto-me realizado.

Posso viver mais, e se for com saúde, será ótimo. Posso viver menos, mas não posso mesmo é reclamar do muito que já vivi.

Mas vamos começar pela foto.

A foto

No FaceBook, meu falecido primo Arthur colocou um retrato das bodas de ouro dos nossos avós. Estavam presentes na foto todos da família, avós, os sete irmãos da minha mãe, maridos e esposas, filhos e netos e só faltava um – eu.

Pensei bastante para tentar descobrir por que não estava naquela histórica foto, mas como tinha cinco ou seis anos na época, não consigo me lembrar.

Surge então aquela sensação de abandono, sensação que me acompanhou a vida inteira, às vezes com razão, outras por momentos de fantasia, mas que deixou sempre um buraco fundo, remediado por vinte anos de análise e por pessoas lindas que fiz e encontrei neste caminho que já percorro há muito tempo.

O fato de não estar em uma fotografia da família não teria maior significado se eu realmente me sentisse bem integrado a ela, o que não acontecia. Uma falta na foto pode não ser nada, mas pode representar uma falta na vida.

Vamos raciocinar sobre essa falta. Como eu tinha cinco ou seis anos e toda a família estava naquela casa, naquele local, em Porto Alegre, considerando que não estava doente em algum hospital nem tinha sido sequestrado, certamente eu deveria estar perto de todos, especialmente do meu pai e da minha mãe.

Ora, se iam tirar uma fotografia de toda a família, que seria algo histórico, porque dificilmente estariam todos juntos, qual a razão de eu não ter comparecido para aparecer na foto? A ausência poderia ter acontecido por vários motivos. A família se reúne para tirar a foto e, por distração, uma criança não está no momento, talvez estivesse brincando, ou distraída, não ingressa no local e ninguém se à conta do fato, mas como tenho a mania de tornar trágico alguns acontecimentos, coloquei o fato nessa história como um abandono.

Quando eu tinha dois anos, passávamos as férias no Imbé, uma praia ao lado de Tramandaí, perto de Porto Alegre. Um dia todos foram à praia e era necessário atravessar uma ponte de madeira para chegar lá. Soube que fui esquecido no lado de cá da ponte. Todos foram para a praia e na volta me encontraram, por isso eu cheguei em casa com a turma toda. Mas será verdade ou alguma fantasia que fiz de alguém que inventou essa história para mim? Muito difícil seria a re-história desse esquecimento.

Parece-me que esse esquecimento tem muito a ver com a ausência na fotografia e com o fato de me sentir tão só quando era pequeno. Sentia tanta solidão que criava medos, mas precisava também criar ferramentas para me defender desses medos. Essas ferramentas, que essa criança interna que vive dentro de mim necessitou por muito tempo, até hoje aparecem, a vida inteira me perseguiram. Sempre foi difícil dizer a essa criança que agora está tudo bem, que não precisa mais ter medo nem inventar fantasias.

É assim esta caminhada, cheia de faltas, mas cheia de vida, e é o que desejo contar neste caminho vivido.

Por essas razões, não tenho lembranças boas da infância, ou da fase adulta. Melhor, tenho algumas, mas as que gravei são as piores. É curioso, até hoje não consegui entender o porquê do que me aconteceu de bom – e foram muitas coisas boas – não ter ficado gravado. Talvez tenha ficado escondido em alguma repartição do cérebro, sem deixar que eu apreciasse totalmente esse mundo maravilhoso em que vivi.

É interessante como, em uma família em que todos parecem ser tratados igualmente, mediante os acontecimentos, uns percebem de uma forma e outros de outra, o que pode produzir grandes problemas, sem que ninguém queira.

Por isso deve-se ter muito cuidado com as crianças, especialmente porque não se conhece a profundidade de sentimentos de cada um e é possível que, como pai, se possa deixar o filho sentir um vazio, sem querer, e esse vazio fica para a vida toda.

Lembro-me de um texto do Rubem Alves que, falando sobre a vida, pergunta: O que se encontra no início? O jardim ou o jardineiro? É o jardineiro, responde ele, porque havendo o jardineiro, mais cedo ou mais tarde um jardim aparecerá. Mas havendo um jardim sem jardineiro, mais cedo ou mais tarde ele desaparecerá. Mas o que é um jardineiro? É uma pessoa cujo pensamento pode criar um jardim, ou seja, o que faz um jardim são os pensamentos do jardineiro.

Assim, quem é pai, seja um jardineiro e faça o jardim dos seus filhos, porque se não o fizer, por mais que o filho faça, sempre faltarão algumas flores na vida.

Como se vê, eu devo ter sido uma criança complicada que escreve uma biografia depois de velho e nela quer desculpar seus próprios defeitos na história de uma vida carregada de flores, estas esquecidas pela criança que gosta de se vitimar.

Minha profissão de advogado

São muitos que se formam todo o semestre como bacharéis, podendo exercer a profissão de advogado quando aprovados no concurso da Ordem dos Advogados do Brasil.

Desses, alguns se formam apenas para prestar concursos, outros almejam mais um título, poucos na verdade exercerão a profissão. A fim de que os advogados ingressem na profissão com a necessária competência, ética e conhecimento, é por demais relevante o exame rígido da OAB, pois o direito dos outros será por eles requerido.

Quando me formei, não tinha ainda definido o que faria. Não fui daqueles que tinha a certeza de gostar de uma profissão e, embora achasse facilidades em aprender o direito, estava muito confuso e sem certeza do que poderia ser, e até mesmo, se seria alguma coisa. Na minha formatura, no Teatro Municipal no Rio de Janeiro, não sei bem o porquê, não me lembro de ninguém ter comparecido. Lembro que voltei de ônibus para Copacabana, depois de tirar retrato de beca, que ficou muito bonito.

Hoje, após criar o maior escritório do Brasil em questões trabalhistas, posso falar sobre o que é o direito no meu entender. O direito é um sentimento que o conhecimento não substitui. Assim, com a sua lesão, surge no titular a vontade de reagir, um sentimento de justiça – que é transmitido ao advogado – a fim de que possa ele exprimir, em uma petição, toda ofensa que sente quem foi ofendido.

O advogado tem de ter uma percepção extremamente aguçada para poder defender seu cliente, como se sentisse o prejuízo como seu, vem daí a procuração, pois é a forma de dar ao advogado poderes para atuar em nome do cliente, como se fosse o cliente. O advogado tem de ter um sentimento profundo de justiça e sentir a dor da ofensa ao direito de seu cliente, colocando-se em seu lugar.

E aí vem o pior problema da profissão. Se você é médico, analisa o paciente e aplica o tratamento necessário. E, em consequência, o paciente fica curado, ou não, mas tudo o que é possível depende de você. Se você é engenheiro e constrói um edifício, seu trabalho está finalizado quando a obra acaba. Da mesma forma o administrador apresenta sua orientação à empresa e o desenhista expõe no papel seu trabalho. Enfim, quase todas as profissões são realizadas pelo profissional que as executa, tendo seu trabalho êxito ou não, dependendo de sua capacidade.

O advogado, porém, difere de todos, pois seu trabalho, por melhor que possa ser realizado, não se conclui em si mesmo, e sim no magistrado que julgará o processo. É como se o resultado de seu trabalho fosse terceirizado. Vejam que o advogado percebe o direito, elabora a petição, defende o cliente como se fosse ele, o outro lado pode impugnar e apresentar também todos os fundamentos da parte contrária. Mas nada do que ele faz, nada mesmo, tem uma solução direta, favorável ou contrária ao seu cliente. A força do sentimento do direito será decido por um terceiro, o juiz, ou o Tribunal, cujo sentimento de Justiça não representa nenhuma das partes, mas a fria linguagem da lei, ou da jurisprudência.

E, pior ainda, com os recursos, e em nível extraordinário, já não se faz mais justiça como dizem os ministros, mas se aplica o direito.

O interessante, porém, é que a suscetibilidade do sentimento de justiça não é igual em todos os indivíduos. Certamente, um juiz, que não sofreu a injustiça, não será tão sensível ao direito da parte, que já foi um pouco dispersada no repasse para seu advogado, mediante substabelecimento.

Quando o direito surge, então, para julgamento, e quando é julgado, não se trata, na realidade, de ser concedida x justiça às partes, mas de ser aplicado o direito abstrato, ou seja, sem o sentimento do qual nasce o próprio direito.

Creio que ao advogado, por tudo que foi dito, cabe cada vez mais ter a determinação e a coragem de, ao se colocar no lugar da parte, defendê-la como se ela fosse. Ao Juiz, cabe o papel de verdadeiro artista, transmutando-se em várias figuras, com vários sentimentos, para extrair de si o verdadeiro sentimento de direito que decorre do processo, do qual nascerá o direito concedido. Deve esse direito concedido ser o mais próximo do direito real, pois, como disse Von Ihering, a justiça e o direito não florescem num país pelo simples fato de o juiz estar pronto a julgar, pois "todo aquele que desfrute as bênçãos do direito deve contribuir para manter a força e o prestígio da lei", pois todo o homem é um combatente pelo direito, no interesse da sociedade.

A tecnologia está transformando o direito e, quem sabe, em pouco tempo, quem dirá melhor sobre o que é justo serão os computadores. Certamente, não haverá corrupção nesse tipo de julgamento.

É difícil advogar, porém não por ser complicada a matéria ou o estudo do direito, mas pela terceirização dos magistrados que o aplicam. Vejam, na prática, uma audiência que tive no dia 25 de março de 2019 com um desembargador sobre a remoção do Rafael, meu genro, em razão de ser definitiva a decisão da Junta Médica afirmando que o José, meu neto, não deveria deixar Brasília em decorrência de seu tratamento.

Como o procurador determinou que se fizesse nova perícia médica no mês de junho, fui pedir, na apelação, uma tutela de urgência para que o desembargador suspendesse o exame médico até julgamento da apelação. É muito simples. A lei diz que o que vale é o que a perícia médica resolve. Ela resolveu que a transferência era definitiva. Vem um procurador e expressa, contra a perícia médica, que deve haver outra perícia médica em junho. Então expliquei ao magistrado que se a perícia médica, feita por quem entende de medicina, declara que a transferência é definitiva, não pode valer a opinião de um procurador em sentido contrário. É essa somente a tese e o pedido da tutela. A opinião do procuradorvaleria mais do que a perícia médica?

Entretanto esse desembargador, desarrumado, olhou para mim, quase que deitado na cadeira e disse: "não compreendi...", o que até o Ravi, meu bisneto, com dez anos, teria compreendido. Expliquei novamente e ele, com cara de apatetado falou: "Está bem, vou estudar", e ainda sentado apresentou a mão para eu apertar.

O ilustre magistrado não concedeu a tutela pedida, mas colocou o processo diretamente em pauta para julgamento. Porém, quando o processo foi a julgamento no Tribunal Regional Federal, após sustentação oral, obtive êxito com o voto, inclusive, do eminente relator que demonstrou mesmo que nem sabia o que estava votando, pois o assessor atrás o orientava e a presidente da sessão também lhe indicou o melhor caminho.

Interessante nesse julgamento é que, no final, a presidente, após ler minha inscrição na OAB, que é de número 513, disse: – Dr. Maciel, vejo que com essa inscrição já deve ter sustentado milhares de processos, mas acredito que, esse, de seu neto, foi o mais trágico e emocionante. Então respondi a ela que, na verdade, era o processo mais importante que tinha sustentado e, se de início era trágico, transformou-se no melhor que já tinha sustentado em decorrência do julgamento favorável naquele momento.

Uma das maiores dificuldades da profissão é conhecer ou não o magistrado, seu desinteresse ou seu interesse, independentemente da matéria em julgamento. É isso que compromete a nobre profissão de advogado. O advogado estuda, faz uma boa petição e o processo cai na mão, talvez, de um iletrado, colocado no Tribunal por alguém que é dele primo ou amigo de bebida. Essas são exceções que também resolvem o direito no país. Mas não vamos exagerar. Na sua maioria, os magistrados são estudiosos e têm uma profissão difícil, a de fazer justiça e aplicar o direito. Aleluia!!!

A velhice é um mito

Estou com oitenta anos e às vezes me sinto velho. Mas às vezes me sinto velho porque penso na idade cronológica por mim adquirida. Entretanto, e todos que envelhecerem poderão ter essa experiência, o que vale não é a idade biológica. É a mente, o físico e a capacidade de realização que fixam a idade que a pessoa tem.

Curioso isso, você acorda bem disposto, corre quatro quilômetros, faz quatrocentas abdominais e joga duas horas de tênis, mas quando se vê no espelho, aquela juventude que sente por dentro não está à vista por fora.

Bom, mas ainda bem que existe essa capacidade. Vejo velhos nas minhas andanças e acho-os bem velhos. Acontece que, se for perguntar a idade deles, vou verificar que são mais novos que eu. Acho que, dessa forma, explico bem a diferença entre idade biológica e cronológica.

Talvez seja por isso que Mário Quintana dizia que não conseguia reconhecer no espelho aquele velho que olhava para ele. Realmente é difícil se ver na imagem de velho e sentir por dentro que não combina com você.

Vejo pessoas usarem seu poder de idosas para não entrar numa fila, pagar meia-entrada em espetáculos, ingressar mais rápido nos aviões, enfim, para abusar dos demais usando a condição de velho, como se fosse um poder que receberam com a idade, e como se velhice fosse sinônimo de doença.

Acho equivocado a sociedade conceder esses poderes, como acho errado o idoso deles usar como se deficiente fosse. O que quero dizer é que não é a idade que faz alguém ficar velho, mas é o modo de vida desregrado e a inapetência para ter ideais que faz você ser um velho, com a vontade de assim ser. É claro que há velhos doentes, como também tem pessoas novas inválidas, e velhos que não são velhos. Trata-se, neste século XXI, dos velhos, como se estivéssemos nos anos cinquenta do século XX, quando a velhice era constatada aos 45 anos.

E assim, dentre outros exemplos, aposentam-se compulsoriamente ministros de tribunais com 75 anos de idade, quando alcançam o auge de seus conhecimentos, elevando-se a notáveis magistrados. Então, diz a lei a eles: – Vocês são velhos, vão para casa, paguem meia, superem as filas porque a vida está no fim. Ora, não é nada disso. Com a minha idade e já de muito tempo bisavô, minha atividade física não é menor do que quando tinha quarenta.

Tenho atualmente a capacidade de organizar um escritório com mais de quarenta mil processos, de escrever um livro novo por ano, de pintar dois quadros por semana, além de tocar bateria, fazer musculação, pilates, tênis e golfe. Então, neste século em que vivemos, e com a medicina em progressão geométrica, não podemos mais falar em velho, ou idoso, com marcação em números, mas sim, subjetivamente, pelos cuidados e boa sorte de cada um.

Fala-se dos direitos dos idosos, mas não se fala de seus deveres, e daí toda uma busca de poder nessa história da idade, e não uma busca de poder em si mesmo. Se você tem alguma doença que reduza sua capacidade, é certo usar da ajuda dos meios de garantias concedidos pela sociedade para aqueles desafortunados.

A idade não pode ser o marco inicial da busca do poder de vantagens equivalentes ao incapacitado. Fico às vezes pensando como certas pessoas, com idade, se vangloriam de usar as benesses concedidas pela sociedade, em vez de se orgulharem de não precisar, na sua idade, de tais benefícios.

E é sobre a idade que quero transmitir aos que já têm mais de sessenta anos, que a sua idade, considerada elevada por muitos, pode ser uma idade de começar, uma idade de amar, uma idade de trabalhar, e, certamente, uma idade de expectativas de um mundo futuro melhor. Mas devo confessar, depois de dizer tudo isso, que a velhice me apavora. Não pelo que estou passando agora, pois não tenho mesmo nenhuma doença, ultrapassei dois cânceres e vários outros problemas físicos e estou em forma.

Não, o que me apavora é que se sabe que há um limite, mais cedo ou mais tarde, mas não mais muito tarde, para quem já vai fazer oitenta. E então penso muito se o momento de ir está próximo, se qualquer doença que aparece é mais grave, se o final vai ser mais fácil ou com algum problema de saúde complexo, e, principalmente, fico às vezes imaginando como vou deixar tudo e todos que construí e que estou junto de um momento para outro. Sei que não são os melhores pensamentos, mas eles aparecem muito e a gente tem de tentar afastá-los.

Acontece é que, no fundo, temos a certeza de que tudo vai acabar e com muito mais certeza que esse final não está longe. De qualquer forma, como diria o piadista, estou com 80 anos e quem adora fazer 81? É lógico que é quem tem oitenta.

Do câncer de próstata

Quando fiz sessenta anos, meus filhos e a Mônica organizaram uma linda festa para mim. Vieram os amigos mais próximos, os conhecidos, a família, minha irmã Teresa e o meu irmão Guncho, já falecidos, e tudo correu em um clima de felicidade e beleza.

À meia-noite dancei com a minha mulher a música "She", cantada por Charles Aznavour. Antes, os meninos e a Mônica cantaram para mim "Como é grande o meu amor por você", pois o Roberto Carlos tinha de estar presente nessa festa também, todos foram acompanhados pela maestria do Milton Guedes, meu genro, no sax.

Conto isso para dizer que quinze dias depois estava em São Paulo fazendo exame de próstata com o Dr. Sami Arap, e dois dias após estava operando um câncer.

Um ano antes de fazer sessenta, eu sofria muito de prostatite, uma doença benigna que não se confunde com câncer, na qual a próstata aumenta, há uma dificuldade constante em urinar, e o PSA se eleva de forma relevante – é ele também um dos alertas para o câncer de próstata. Fui a vários médicos nesse ano em Brasília, um deles, pouco antes de eu ir para São Paulo, disse que eu não tinha nada e que deveria tomar um remédio com hormônios para revitalizar a saúde.

Conversei então com o ministro Velloso, na época presidente do Supremo Tribunal Federal, velho amigo da justiça e do tênis, e ele, que tinha sido operado de câncer pelo Dr. Sami, marcou uma consulta com ele em São Paulo, na qual compareci com a Mônica no dia 15 de agosto de 1960. Depois de fazer os exames de toque e ver o PSA, disse-me o Dr. Sami que, em princípio, eu não tinha nada grave, mas que só me liberaria após uma biópsia, que poderia ser feita no Hospital Sírio Libanês, em frente ao seu consultório.

Fiz a biópsia às 13 horas, meio que dopado, e fiquei de voltar ao consultório às 18 horas para saber o resultado. Eu e Mônica ficamos nos Jardins, entre a Oscar Freire e Haddock Lobo, durante mais de cinco horas, preocupados e cada vez mais ansiosos sobre a resposta, e o tempo não passava. Fomos então para o consultório e lá estava o Sami Arap sentado, com seus dois assessores, Euro e Marcus, um de cada lado. Sami, com aquela confiança de médico tarimbado e conhecedor da matéria, disse-me aquela célebre frase: "tenho uma notícia ruim e outra boa". A ruim, disse ele, é que você tem câncer, e a boa, é a de que posso curá-lo 100%.

Olha, a notícia sobre ter câncer é um negócio complicado de se digerir e eu fiquei sentado, ao lado da Mônica, sem saber o que ela estava pensando, mas sabendo que eu estava efetivamente arrasado por dentro.

Perguntei a ele quais os tratamentos existentes, fora da cirurgia. Ele citou o congelamento, a radioterapia e outros, mas que somente a cirurgia é que poderia curar completa e efetivamente.

Falou-me dos riscos, que eram, na época 4% relativos à incontinência e 40% referentes à impotência. Eu, com uma mulher linda e muito mais nova do que os meus sessenta, pensei na "merda" que eu estava metido, mas também, e aí vem o meu lado frio nessas horas, pensei que a única solução, afirmada pelo melhor médico do país, era a cirurgia.

Perguntei ao Sami quando ele poderia operar. Era uma terça-feira e ele confirmou que operava todas as terças e quintas, sendo que marquei logo, para dois dias depois.

Nesse dia, saí de seu consultório, fui para o Macksoud e reservei três apartamentos para todos os meninos, e logo à noite já estava nos preparativos, tomando sopinha para aguardar os exames do outro dia.

Mônica foi a Brasília buscar roupas e filhos, e os outros vieram do Rio, e lá estava, então, a turma preparada para essa nova aventura, ou desventura, não sabia no momento. Foi nessa fase e entre os quartos do hotel que o Bruno saiu gritando que tinha "queimado a bunda" com a água quente do bidê, o que ficou gravado na história da minha próstata e na de quem estava hospedado no hotel naquele dia.

O momento pior da cirurgia não foi propriamente durante a operação, pois estava anestesiado, mas foi quando saí da anestesia e senti que aquele tubo ainda estava na minha garganta. É uma sensação que não desejo mais ter, pois deveria acordar já fora dessas máquinas.

Na segunda noite, tive uma hemorragia complicada, mas fui salvo com alguns litros de sangue concedidos não sei por quem, certamente por pessoas generosas que doaram como voluntários. Com sangue deles, misturado ao meu, passei a ter a obrigação de ser alguém melhor e acho que isso mesmo aconteceu.

O pior foi aguardar durante quatro dias o resultado da biópsia para saber se o câncer tinha passado para outros órgãos. No meu caso, deu negativo, mas o medo é terrível e a gente fica arrasado até ter uma resposta, que foi dada pelo Dr. Marcus, após uma insistência grande de toda a família.

Lembro que no dia 17 apareceu no quarto a Dra. Maria Clara, do meu escritório, e essa data ficou marcada porque era também dia de seu aniversário.

Quem muito me ajudou, conversando pelo telefone e com os médicos, foi o ministro Velloso, que, na época, estava na presidência do Supremo Tribunal Federal. Acho que me confundiram como sendo também ministro e me deram uma atenção ministerial, o que no Brasil funciona demais.

No quinto dia, deixei o Sírio Libanês e, com a Mônica e filhos, fui diretamente almoçar no Massimo, comemorando a vitória de ter extirpado com sucesso aquela arma já detonada, e que poderia me retirar da vida mais cedo do que eu pensava.

O interessante de tudo é que, 19 anos depois, eu, com 78, tive câncer de bexiga e daí quem me curou foi o filho do Sami Arap, Marco, história que vamos ler adiante.

Um pouco da infância

Não posso dizer que minha infância tenha sido uma maravilha. Tive pai, mãe, cinco irmãos, um padrão de vida baseado em ganhos da classe média, muitos amigos, bons colégios e um crescimento, de certa forma, sadio.

Digo de certa forma porque sempre fui muito magro, fraco, alérgico, crescendo com muitos medos de chegar à fase adulta, tanto assim que rezava para que, se conseguisse ultrapassar a fase infantil, pudesse crescer e ser alguém, que para mim era muito difícil.

Minha mãe era uma pessoa boníssima, mas ficou muito tempo doente dos nervos, essa doença, acho eu, era decorrente do fato de que quase não enxergava e pouco ouvia, pois ficou quase cega com a gripe espanhola, quando tinha 13 anos.

Assim, ao invés ser orientado por ela, era eu quem desde pequeno a orientava, quer para atravessar as ruas, quer para ler os filmes que ela não conseguia, protegendo-a e criando para mim um protetor que atuasse na sua falta, protetor esse severo, que ficou dentro de mim por quase toda a vida, me punindo com medos terríveis, a fim de que não surgisse aquele monstro que eu achava que poderia existir no meu interior.

Vejam as lembranças que eu tinha da infância: uma vergonha enorme de, com dez anos ou menos, acompanhar minha mãe, levando-a pelas ruas, ou ler alto para ela os filmes sentado na primeira fila. E cabiam a mim essas tarefas, porque, no entender dos demais, incluindo o meu pai, era o mais novo dos seis e os outros tinham mais o que fazer. Pelo menos era assim que eu sentia e que falavam.

Realmente, essa vergonha da mãe pesa como culpa pelo resto da vida, e é inevitável. Quando ela falava comigo alto, ao lado de amigos ou meninas os quais a cumprimentavam, mas ela não respondia porque não os enxergava corretamente, dava-me vontade de sumir, sentimento de criança que não tinha maturidade suficiente para sentir a maravilha que era ter minha mãe ao lado.

Além disso, as crises nervosas pelas quais passava, e que duraram anos e anos, levaram-me a crescer cuidando dela, levando-a ao psiquiatra, eu com dez, doze anos, o que me dava a impressão de que, se não fosse muito certinho, acabaria louco ou com alguma doença nervosa grave. Desde cedo, então, começou minha busca por psiquiatras e analistas, para que não me deixassem ficar um doente mental.

Mas, vejam, independentemente das dificuldades de saúde e dos problemas que eu via, minha mãe sempre foi extremamente carinhosa comigo, procurava me defender se achava que eu estava brigando na rua quando pequeno, fazia festas nos meus aniversários, ia ao colégio interno, em Friburgo, para me visitar e, mais velha, sempre pedia para que eu, mesmo casado, fosse jantar com ela umas duas vezes por semana.

O fato é que eu não reconhecia a gratidão, e talvez não quisesse ficar mais junto dela porque tinha medo, como criança, de sofrer de suas doenças, como se fossem contagiosas, o que evidencia um pouco dessa minha imaginação negativa.

Acresceu à minha insegurança a descoberta, ainda novo, de que meus dois irmãos mais velhos eram gays, e eu, que me dava bem com eles, não queria dizer que não aceitava aquela condição. Também não tinha explicações sobre o fato de eles serem assim e eu não.

Vejam, hoje, descobrir que um filho ou um irmão é homossexual não é nenhum problema, mas um fato com o qual todos convivem com naturalidade, e assim tem de ser. Mas era difícil para uma criança, em 1950, entender , pois ninguém explicava, ao contrário, havia uma forte pressão da sociedade, homofóbica. Achava-se que naquela família deveria ter algo de anormal e que alguma anormalidade, possivelmente, passaria para os outros também. Assim eu pensava que isso era visto, e realmente era por muitos.

Ninguém nunca conversou na época comigo sobre essas questões e tive que ir criando imagens de defesa na criança que crescia com mais esses medos. Por isso mesmo é que não me lembro das melhores coisas que me aconteceram, pois vêm misturadas aos medos e defesas que fazia.

Minha infância e juventude foram, realmente, períodos de muita dificuldade e não sei como minha mente aguentou, pois o mundo se apresentava como algo muito ruim, um futuro péssimo, o que me levou a fazer, inclusive, tratamentos desnecessários para tentar ser uma pessoa normal. Com a análise, descobri que nada daquilo era preciso, pois a normalidade já existia, bastaria um pouco de conversa para que aquelas fantasias desaparecessem, o que efetivamente não aconteceu.

Achava que acreditavam que eu poderia crescer com doenças mentais, com problemas de relacionamento, com dificuldade de ser alguém e que precisava ser tratado, como minha mãe, por psiquiatra, pois não se usava quase psicanálise e muito menos qualquer conversa de pai para filho. E, nesse esquema, cada vez aumentava mais meu medo de ter qualquer anormalidade. Quando qualquer pensamento que eu não achasse muito correto aparecia, eu criava uma penalidade mental e inventava uma defesa para garantir minha sanidade. Foi um negócio complicado, para curar isso e precisei de mais de vinte anos de análise.

Alguns episódios de brigas e maluquices

É interessante rememorar alguns episódios dessa minha longa fase de maluquices. E começo lembrando que, em uma festa, dançando com uma menina, fui provocado por um rapaz da turma da Miguel Lemos, em Copacabana, que estava acompanhado por mais de dez amigos.

Naquela época era costume irmos a festas nas sextas ou sábados na casa de alguém e íamos em turma. As meninas ficavam sentadas e os parentes em outra sala. Na festa, colocava-se na vitrola um long play, como por exemplo do Frank Sinatra, e tirava-se uma delas para dançar. Se houvesse uma boa ligação, entre um intervalo e outro da música, os dois ficavam conversando em pé e continuavam dançando na próxima faixa, daí colando, de vez em quando, o rosto um no outro. Era o máximo!

Mas, em uma dessas festas, quando dançava, fui provocado por um sujeito que já tinha bebido muito, querendo dançar no meu lugar, não conseguindo, me chamou para brigar na rua. Resolvi descer do 4° andar, se onde realizava o evento, e brigar com ele e com os outros dez, apanhei tanto a ponto de ir parar no Hospital Miguel Couto para verificar um rasgão que me foi feito na barriga por uma mordida da figura.

Voltando, fui até em casa e peguei um revólver do meu pai; desci às quatro horas da manhã na rua Miguel Lemos, desafiando os dez que lá estavam sentados e bêbados. Todos ficaram surpresos e com medo, e eu, com o revólver, com muito mais medo ainda, ameacei a todos, corri até um ônibus e fui para casa como se tivesse cumprido uma missão.

Isso era o Rio de Janeiro dos anos 1960.

Outra que bem me lembro foi quando, com um amigo, entrei em uma boate, um inferninho no Posto 2 em Copacabana, onde só havia prostitutas e bêbados.

Sentamos numa mesa e mandei vir o melhor que tinha em bebida, convidando umas seis putas para sentarem-se à mesa, e depois lembrei que não tinha dinheiro, nem o meu amigo, Raul Brunini, filho de um deputado federal famoso na época.

Lá ficamos até o último sair e quando disse que não podia pagar, fiquei preso pelo gerente, que chamou a polícia. Fui solto às sete horas da manhã, na delegacia, pelo meu pai, que pagou o prejuízo.

Lembro que fomos para casa e o meu pai disse, com todas as suas forças: – Meu filho, não faz mais isso...

Uma vez, brincando Carnaval no Clube da Aeronáutica no Rio, resolvi beliscar a bunda da mulher de um coronel que com ele brincava. Comecei a apanhar de um lado do salão e só consegui me desvencilhar porque três amigos vieram me defender do outro lado.

Então, fomos os quatro expulsos, apanhando durante um quarteirão, curando a bebedeira na praia, no final da madrugada.

E ainda outro exemplar episódio: quando quis namorar sério uma menina que eu adorava, entrei no aniversário dela meio bêbado e cheio de amigos. Então o pai dela me disse que todos deviam ir embora. Eu, com toda a intimidade com o futuro sogro, falei que ele tinha razão e que avisaria para eles saírem, mas ele me esclareceu que o primeiro que tinha de ir embora era eu. Depois disso acabou o meu pretenso namoro.

Certa feita, quando morávamos na Júlio de Castilhos, em um apartamento duplex com terraço, um dos meus irmãos deu uma festa. Como eu era menor, ninguém falava comigo, e eu, na verdade, queria ser visto, principalmente pelo meu pai, que estava lá assistindo. Então subi no parapeito do terraço, no décimo segundo andar, após beber alguns coquetéis e andei de um lado a outro, o que também ninguém notou. Fiquei, entretanto, com medo de altura até os dias atuais.

E já que ninguém me notava, ao descer as escadas, rolei até o final e, então, machucado, meu pai falou para eu ter cuidado. Acho que consegui meu objetivo.

Esses são alguns episódios que demonstram não ter sido fácil o meu início de vida, e que se repetiram, de diversas formas, pelo menos até os vinte anos de idade.

Eram situações engraçadas e bizarras? Sim, mas houve riscos enormes e somente alguém muito protegido consegue passar por tudo ileso. Eu sou protegido.

Algo sobre meu pai

Meu pai era um homem bom, considerado um grande jurista, homem afeito a conhecer de todas as leis, através de quem presidentes e ministros se orientavam, e, apesar de ser uma pessoa afável e carinhosa, parecia para mim como alguém muito distante, acima, a quem eu deveria incomodar pouco, pois seus afazeres, seu jogo todas as noites, sua vida, para mim, criança, um tanto misteriosa, levava-me a ver nele um mito e não um pai.

Ele tinha paciência para só dormir depois que todos os filhos, bêbados ou não, chegassem das festas, como também buscava cada um, quando necessário, nos piores lugares, desde delegacias a hospitais, mas ao mesmo tempo, e falo isso por mim, pouco ligava para a criação, para os estudos, ou para o que eu fazia, embora materialmente nada faltasse.

Lembro-me de que eu não tinha limites, e, às vezes, esperava que ele dissesse que eu não deveria viajar com amigos, como fiz com 13 anos, sem dinheiro, do Rio para Petrópolis, de madrugada, seguindo em várias caronas de caminhões. Também sentia falta de limites quanto a pedir dinheiro, pois não tinha nunca a ideia da medida, e achava que poderia estar o explorando.

Fui, com vinte anos, fazer uma excursão para a Europa, em um grupo no qual não conhecia ninguém, de navio, por quarenta dias. Minha mãe fez uma despedida calorosa e, ao passar pelo seu quarto, meu pai gritou da cama: "boa viagem". Essa é a imagem que ficou dele. Alguém que efetivamente me desejou na vida uma boa viagem, mas que não me abraçou o bastante para que eu confiasse que essa viagem seria boa.

Essas imagens, um tanto negativas, decorriam da personalidade dele, que tinha suas características próprias, mas tenho de reconhecer e ser grato por muito que me fez. Tive sempre educação nos melhores colégios, amizade de ficarmos juntos vendo programas de televisão à noite, contas no comércio que ele pagava sem querer saber o que gastei, emprego que me conseguiu como redator da Agência Nacional e mediante o qual cheguei a procurador da Presidência da República, secretário jurídico do Supremo Tribunal Federal e, especialmente, tive para a vida inteira o reconhecimento de ser filho de um dos homens mais inteligentes, sensíveis e educados segundo todos que o conheceram.

Por aquelas atuações negativas que, como disse, guardei muito mais do que o que me aconteceu de positivo, é que inventei, internamente, esse pai rigoroso e limitativo, que até hoje me persegue neste caminho ainda cheio de coisas a desbravar.

Estudando um pouco sobre meu pai na política, parece-me haver uma enorme contradição em sua vida. Ele foi procurador-geral do Rio Grande do Sul na época da ditadura de Getúlio Vargas, propriamente quando nasci, em 1940, e era também líder no Sul dos integralistas.

Mas em 1964, conforme demonstro em capítulo à frente, foi meu pai que formulou as duas leis, a pedido do Jango, que fizeram estourar a ditadura em março, a Lei do Tabelamento dos Aluguéis e a Lei da Reforma Agrária. Era um homem que criava a legislação do país, quer na ditadura, quer para todos os presidentes democráticos até sua aposentadoria, pois foi consultor jurídico vitalício do Ministério da Justiça, e, naquele tempo, a Consultoria Jurídica é que formalizava as minutas de lei para o presidente.

Isso, evidentemente, traz uma contradição muito grande, ou seja, ele defendeu a direita, como defendeu a esquerda. Acho que o pai era isso mesmo, quer dizer, conhecia tudo de direito e o aplicava a pedido de quem estava no poder – sendo épocas diferentes as de 1940 e de 1960 –, direita ou esquerda.

Dos meus irmãos

Dos seis irmãos, eu era o mais novo. Os dois mais velhos comandavam, durante uma época, a sociedade do Rio de Janeiro, O Caco, mais velho, chegou a ser promotor, mas gostava mesmo era da noite, dirigindo uma boate no Rio.

Como promotor, arquivou uma denúncia contra o filho de um dos maiores neurocirurgiões do país. Esse filho tornou-se também fabuloso nessa especialização.

Ficou amigo do médico. Por essas coisas que só a espiritualidade esclarece, teve um câncer na cabeça com pouco mais de cinquenta anos, quem o tratou foi o neuro, pai do rapaz de quem ele tinha arquivado o processo. Vendo que não podia salvá-lo, teve uma crise de choro ao perder o amigo.

Era uma figura interessante. Certa feita, resolveu dar um jantar para todos os desembargadores do Rio e fechou o Nino, um dos melhores restaurantes existentes na época. Convidou todos, colocou lá Ibrahim Sued e outros colunistas, políticos e gente da sociedade.

No outro dia, tinha de pagar o jantar e então chorou para o meu pai dizendo que não tinha dinheiro e que não poderia dar vexame. O pai, evidentemente, pagou o grande jantar, e assim as coisas se passavam.

Alugou um apartamento no Vidigal, no início de sua formação, e lá dava jantares especiais para um dos quais fui convidado. Era realmente uma "grande figura".

O Guncho sempre viveu nas noites, dirigindo grandes casas noturnas, quer no Rio, quer em São Paulo, quando trabalhou com o Ricardo Amaral e outros, sendo conhecido e por muitos adorado.

Era um sujeito engraçado e uma figura folclórica. Juntamente a Julinho Rego e Lalau Nepomuceno criou um mundo de fantasias em São Paulo, Rio de Janeiro, Brasília e adjacências.

Uma de suas histórias contadas foi a de uma viagem para Brasília com os amigos em seu carro. Pararam em uma cidade para almoçar, o carro todo sujo em razão da chuva, e quando saíram do almoço, um rapaz que tinha lavado o carro pediu a ele dinheiro, demonstrando o trabalho que teve.

A resposta louca foi a de que não tinha pedido para que o carro fosse lavado e que gostava do carro sujo. Guncho pediu ao lavador que sujasse exatamente como antes.

Ele inaugurou o Le 78 em Paris com Lisa Minelli, muitas vezes levava amigos para passar o final de semana na Europa. Como não tinha dinheiro, depois pedia ao pai.

Morou durante algum tempo, em São Paulo, em um apartamento cedido por um milionário do Rio, Galdeano, e lá fui com minha primeira mulher a uma festa. Quando vi passar um garçom com bandeja carregada de maconha, demos a volta na sala e saímos em pouco menos de meia hora dessa grande festa, a qual não fazia minha cabeça, nem queria que fosse ela feita. Esse era o Guncho.

Poderia se dizer que sua vida foi um resumo das loucuras da sociedade antiga de Brasília, Rio e São Paulo, na qual foi um mestre.

Os dois irmãos mais velhos eram meus amigos, mas com vidas diferentes da que eu pretendia ter. Nosso contato era reduzido aos almoços, jantares e reuniões familiares, sem que eu, criança, conhecesse mais profundamente seus gostos e vícios.

Ao contrário, sentia também vergonha da vida desregrada e do homossexualismo, pois na época não era comum, como é atualmente, e as famílias não conseguiam aceitar bem essa questão, o que foi alterado com o tempo, fato que trouxe muito sofrimento para eles. Ainda bem que meu pai não demonstrava nada contra, e minha mãe não tinha maior noção, como não tinha de muitas coisas em razão de suas deficiências físicas.

Os dois irmãos mais velhos eram muito mimados pelo pai, que achava graça nas suas loucuras e, certamente, muito se arrependeu quando, já mais velho, verificou que essa graça fazia com que pagasse muitas contas. Ambos tiveram o final de vida triste, não pela homossexualidade, mas pelo comportamento que seguiram no caminho que trilharam.

As minhas duas irmãs tiveram uma infância boa, muito protegidas, sendo que Tereza, a mais velha, casou-se e teve cinco filhos, trabalhando durante toda a vida profissional junto ao Supremo Tribunal Federal em Brasília, falecendo em razão do coração, o qual não combinou com o pulmão, cheio de fumaça lá depositada pelo cigarro.

Foi uma mãe excepcional e passou grande parte de sua vida trabalhando e cuidando da minha mãe. No Supremo Tribunal era considerada uma das melhores funcionárias e de maior confiança, foi assessora de diversos ministros.

Viviana formou-se em direito, foi redatora da Agência Nacional, casou-se com o dentista do meu pai, João Correa, conhecido na alta sociedade da época, tinha praticamente a mesma idade do meu pai. Não tiveram filhos, nem muito tempo de vida juntos, pois ele faleceu deixando-a sem quase nada, a não ser uma propensão para a bebida que acabou com sua saúde, deixando-a muito mais velha do que os anos diriam, vivendo apenas de sua pensão. Foi muito linda e era muito inteligente.

Ainda preciso falar do Guido, meu outro irmão, que seria o quarto do mais velho o mais novo, com quem tive mais afinidade, mas não muita intimidade porque, assim como eu, acho que ele também, desde cedo, tentou fugir daquele ambiente nada sadio, e, em razão disso, refugiava-se na casa da primeira namorada, casando-se logo que possível, teve dois filhos do primeiro casamento, dois do segundo e veio a falecer em decorrência de um enfisema que lhe tirou a saúde e o deixou preso a uma vida muito restrita.

Quando digo ambiente nada sadio, não me refiro ao homossexualismo. Independentemente da sexualidade, hoje vista como natural, o ambiente na minha casa era carregado, não de violência, ou de tristeza externa, mas no modo como cada um atuava.

Voltando ao Guido, ele era substituto do Márcio Braga, tabelião do 23° Ofício de Notas, cartório do qual passou a ser titular com a transferência do Márcio para um outro cartório.

Seu segundo casamento foi com Ângela Catramby, que era senhorita Rio e uma das mais belas mulheres do Brasil.

Ficaram casados por dez anos, mas o final foi triste.

Do edifício Igrejinha

Nem tudo foi medo, nem tudo foi insegurança, tanto na infância quanto na juventude, pois as glórias de uma vida bem vivida também aconteceram.

No Posto 6, em Copacabana, moramos em vários endereços, pois o meu pai mudava muito de residência, mas sempre próximas, sendo que a fase de que mais me lembro e que mais tempo vivi foi a de quando moramos, por mais de dez anos, no Edifício Igrejinha, na Avenida Atlântica, 3.916, em frente ao mar.

Era acordar, ir para o colégio Mallet Soares de bonde e, na volta, colocar o calção (não se dizia sunga), um pente pendurado na cintura, pois era moda, atravessar a rua e chegar à praia.

Lá eu conhecia todos que frequentavam a praia do Igrejinha até a ponte dos pescadores, no final do Posto 6, ao lado do Marimbas.

Minha rotina era chegar à praia, jogar umas quatro ou cinco partidas de vôlei, uma pelada, nadar um pouco e andar, através da rua Rainha Elizabeth, até o Arpoador, onde pulava das pedras – do Samarangue, Pontão, Praia do Diabo e Piscininha. Pulava muitas vezes com Márcio Braga, que era o melhor em saltar mais alto. Assim vivia nas férias e, quase sempre, nos dias de aula, voltando para almoçar quando minha mãe colocava uma toalha na janela avisando que o almoço estava servido.

Só havia uma rua, de mão dupla, na Avenida Atlântica, e a minha turma, de mais de vinte amigos, ficava no Edifício Igrejinha quase todos os dias.

No edifício tinha um canteiro onde os maiores da turma plantavam maconha, o que descobri depois. Íamos para as festas e eu era um dos líderes de todos.

Um dia estavam filmando *Rio 40 graus* em frente à saída da garagem do meu edifício e pediram para que eu e mais três amigos saíssemos da garagem e passássemos no meio do casal, os artistas principais. Acho que foi minha única atuação no cinema, eu deveria ter uns doze anos. Acabou nessa cena minha carreira artística.

Sobre a primeira mulher

Quando me casei pela primeira vez, eu tinha 25 e Vera, 19 anos. Curiosamente era ela irmã da Márcia, minha cunhada, casada com meu irmão Guido – na época ainda não tinham se divorciado, e essa será outra história, narrada à frente.

Vera era uma das mulheres mais bonitas do Rio de Janeiro. Saíamos desde que ela tinha 13 anos, pois sua irmã, além de casada com o Guido, era muito amiga da minha, Viviana. E digo 13 anos porque me lembro que ela foi comigo, com essa idade, assistir ao Sammy Davis Jr. no Copacabana Palace, em um domingo à tarde.

Eu morava na Avenida Atlântica, no Posto 6, em Copacabana, e ela, um quarteirão para dentro, na esquina da rua Nossa Senhora de Copacabana, edifício Rio das Flores, que então era todo de seu pai.

Casamos em 1965, quase sem dinheiro nenhum. Embora o pai da Vera fosse muito rico, não pudemos contar com a sua ajuda. Parece-me que nós dois queríamos muito viver juntos e sair da casa dos pais, não só pela paixão existente, como também porque os namoros, à época, eram sempre recatados e queríamos muito ingressar em uma vida só nossa.

Passamos a lua de mel em São Paulo. Fomos de ônibus, não tínhamos dinheiro para as passagens de avião. Nosso grande jantar foi no Almanara, ótimo restaurante árabe. Mais tarde, tive uma enorme satisfação quando resolvemos ir a uma boate e o porteiro me barrou achando que eu era menor de idade. Engraçado, ele não barrou a Vera...

Recém-casados, deixamos a praia e viemos morar em Brasília. Com meu emprego na Agência Nacional, eu ganhava o suficiente para pagar o aluguel de um apartamento na 412 Sul e jantar uma vez por mês no Roma, na W3. Nessas ocasiões, meu pai me emprestava o carro, enquanto jogava na Casa do Ceará. Assim, jantávamos motorizados. Vera fazia o programa "A voz do Brasil", que já ia ao ar todos os dias às 19h, com algumas notícias por mim redigidas. Algum tempo depois, comecei a trabalhar também no cartório do Maurício Lemos e comprei meu primeiro carro.

Nossa mesa de jantar era uma tábua de passar que nos foi presenteada por uma tia, os bancos da sala eram de jipe, de um bom couro beje. Nesse apartamento, que ficava há dois metros de altura da calçada, aconteceu um fato surpreendente. Estava deitado no quarto com minha mulher, depois do almoço, quando vi um sujeito olhando para dentro, na maior intimidade. Dei um pulo da cama em direção à janela, mas o homem não se apressou, saiu andando, não correndo. Quando botei a cabeça para fora, consegui entender: tratava-se de um anunciante em cima de pernas de pau olhando pra dentro dos apartamentos do primeiro andar. Vejam, não eram só as pernas, que cara de pau!

A vida em Brasília era uma aventura, e nessa aventura consegui trocar uma enciclopédia Barsa por um apartamento na 405 Norte, no primeiro andar. É verdade, troquei uma Barsa por um apartamento. É que na época os apartamentos em Brasília eram vendidos para os funcionários por um preço muito baixo e o motorista da Agência Nacional, onde eu trabalhava, não podia pagar a prestação mensal. Como a filha dele queria muito uma enciclopédia, e a Barsa era ótima e bastante cara na época, fizemos a troca. Consegui assim o meu primeiro apartamento.

Lá nasceu a Adriana, minha primeira filha. O que sentimos foi inexplicável, nos consideramos realizados. Foi um nascimento difícil, a Vera não entrava em trabalho de parto, e o médico, que era um general reformado, não sei se por preguiça, demorou uma eternidade para decidir por uma cesárea. Acho que foi melhor – ela também toma as decisões na vida bem pensadas, fruto do amadurecer desse grande médico, Dr. Bayard. Adriana foi batizada pelo Guido e pela Márcia.

Depois fomos morar na 208 Sul, em outro apartamento alugado, de dois quartos, onde a Vera teve um problema com a babá, que era uma moça bem baixa, leve, dócil. Um dia, quando lhe pediu que colocasse algo em uma prateleira, ela se transformou em um demônio e empurrou a Vera com força, derrubando-a, isso no meio da gravidez. Ela fraturou o quadril, e como precisava de repouso, foi para o Rio, ficou cinco meses de cama, aguardando a chegada da nossa segunda filha. Renata então nasceu carioca, linda, e estávamos realizados.

Nesse meio-tempo, fecharam o cartório e, em consequência, meu emprego foi para o espaço. Comecei então a advogar em um escritório na W3 e, como precisávamos, a Vera foi trabalhar como secretária nesse mesmo lugar. Três meses depois, o advogado nos demitiu dizendo que não prestávamos para os serviços, nem ela como secretária nem eu como advogado. Talvez esse tenha sido o primeiro incentivo para eu querer ser um grande advogado.

Por volta dos cinco anos de casados, vivemos uma crise no casamento. Eu não era fácil na época, era mesmo um sujeito complicado. Num Carnaval, no Iate Clube, do qual eu era presidente, já meio bêbado, deixei-a no camarote com algumas pessoas, entre elas o Onísio Ludovico, que era o comodoro, e fui dar uma volta com uma jornalista que andava me seduzindo. Depois de algum tempo, Vera foi me procurar na portaria, onde eu tinha dito que ia dar plantão. O porteiro, que se chamava Severino, sem querer, me entregou, falou que eu tinha saído para dar uma volta com a minha mulher!

Nos separamos no outro dia. Fiquei, então, sem a mulher e as duas filhas, que foram para o Rio de Janeiro. Dessa vez, seu pai arranjou rapidamente um apartamento para ela ficar no Posto 6.

Foi uma das épocas mais sofridas da minha vida, fiquei em Brasília sem as duas filhas, que para mim eram tudo. Não me lembro de ter tido tanto desejo de desaparecer como quando deixei as meninas no Rio e peguei o avião de volta sozinho. Era um dia de tempestade e a viagem estava horrível, mas eu, pensando que tinha perdido minhas filhas, pedia todo o tempo que o avião caísse. Acho que foi a única vez que não tive medo no meio de um temporal.

Entretanto essa separação não demorou mais de dois meses. Voltamos por mais cinco anos. Chegamos aos dez anos de casados com duas lindas filhas. Talvez já estivéssemos sentindo um vazio no nosso casamento, que já não era mais aquele romance que eu sonhava. Vera quis voltar a estudar e foi morar sozinha, sendo esse o início de nossa separação.

Ela saiu de casa e eu fiquei com as meninas em uma pequena casa que consegui comprar na antiga QI B, Lago Sul, ao lado da pista do aeroporto. O meu melhor programa era ver o movimento dos aviões na pista.

Uma curiosidade sobre um julgamento

Sustentei um processo no antigo pleno do Tribunal Superior do Trabalho, processo de valor elevadíssimo em que a empresa recorrente era uma estatal, e consegui um empate com vista regimental de um ministro, faltando apenas seu voto para o desempate.

À noite, em casa, recebi um telefonema de um general, e era a época da ditadura – ou movimento diferenciado –, como disse outro dia certo ministro do Supremo Tribunal Federal, informando-me que eu não deveria apresentar o memorial no caso nem falar com o ministro que iria ainda votar, dizendo-me apenas o seguinte: “fique tranquilo”.

Fiquei tranquilo, fui dormir e, no outro dia, continuando o julgamento, ganhei por um voto. São coisas da advocacia, são detalhes da vida de um advogado. Estava preocupado em obter um voto mediante memorial, passei tempos elaborando-o para levar ao ministro que estava com vista nos autos, e então recebo um recado de que deverei vencer se não fizer nada. Curioso.

É interessante a vida de um advogado. Na prática, muitas vezes se ganha o processo porque se tem razão, porque fez um excelente trabalho; outras vezes, por esses mesmos motivos, se perde. É que o lado humano importa muito mais do que o direito. Parece-me que o direito tem sempre duas caras, e qualquer das duas vale quando transitado em julgado. Deu para entender?

Ainda sobre meu pai e minha mãe

Era ele um filósofo e sabia tudo de direito, parece que até "de ouvido". Mas também nunca o vi colocar uma bermuda ou uma sunga e ir até a praia morando durante mais de dez anos logo em frente. Nunca conversamos sobre nada mais sério, ou sobre minha vida, meu colégio, minha faculdade, minha saúde, enfim, era um sujeito admirável, reconhecido como um grande jurista, que veio do nada e alcançou um enorme sucesso na vida.

Quando me separei da Vera, fui à noite para a casa dele: entrei, arrasado, com uma mala e disse: – Pai, acabei de me separar. Ele estava vendo televisão, tomando seu whisky e me falou: – Está bem, põe as coisas no quarto. Esse programa é muito bom (ponto).

Minha mãe o adorava e o esperava todos os dias, no final da tarde, na porta do elevador. Ele a tratava como uma criança, com cuidados especiais e fazia todas as suas vontades.

Lembro que um dia, quando meu pai estava viajando por dois dias, a mãe me telefonou pedindo um valor que eu não tinha em casa. Daí falei para ela que não podia adiantar o dinheiro. Quando meu pai chegou e soube, me disse: – Meu filho, nunca diz para a tua mãe que não tem ou que não pode fazer o que ela pede. Diz que vai ver ou vai resolver, porque ela não deve nunca receber um não.

Meu primeiro escritório

Recém-formado, eu queria ter um escritório e li um anúncio no jornal de um procurador que precisava de um sócio, desde que tivesse uma máquina de escrever e uma mesa para com ele trabalhar no Edifício Ceará, em Brasília.

Conversei com ele e acertamos. Entrei com uma máquina, uma mesa e uma cadeira, compradas na W3, em uma loja de móveis usados. Ele me disse que começaríamos a dar expediente no dia seguinte, às 9h.

Cheguei orgulhoso, às 9h. A chave não abria a porta e, depois de conseguir que um chaveiro a abrisse, verifiquei que não havia mais nenhum móvel, nem a minha máquina de escrever. Assim começou minha carreira. Foi uma roubada. O procurador era mesmo do Ministério Público, soube que foi expulso por roubo, pois era "cleptomaníaco".

Para melhorar minha renda mensal, que era muito baixa, aluguei, na mesma época, uma sobreloja com menos de $20m^2$, em um edifício no Setor Comercial Sul, onde coloquei uma máquina de fotocópias alugada, com o que pretendia entrar no comércio.

Acho que, como a sala estava no segundo andar e pouca gente a via, não houve nenhum interesse, razão pela qual tive de devolver a máquina, pagar o aluguel de um mês e declarar meu fracasso como comerciante.

Mais sobre meu pai

Como disse, meu pai era considerado um homem inteligente demais; tinha amigos importantes, havia sido procurador-geral do Rio Grande do Sul, era consultor jurídico vitalício do Ministério da Justiça e advogado-chefe do Banco do Estado de São Paulo.

Era uma pessoa que agradava a todos os amigos, escrevia nos jornais, pintava, cuidava da minha mãe como se fosse mãe dele, e tinha muita vontade de viver.

O fato é que cuidava tanto da minha mãe, das filhas e dos dois primeiros filhos, que eu e meu irmão Guido ficávamos sem maiores atenções. Guido começou a namorar desde os 12 anos, época em que já ficava pouco em casa, e eu fui levando a carência para a criação de um pai interno, rigoroso, que briga comigo até hoje.

Após passar dois anos como secretário jurídico do Supremo Tribunal Federal, atuando no Gabinete do ministro Eloy da Rocha, resolvi advogar com Luiz Carlos Bettiol e com meu pai, que tinha aberto um escritório no Hotel Nacional com ele ao se aposentar do Ministério da Justiça.

Lembro que um dia, no Supremo, três ministros conversavam sobre meu pai e um deles disse: – Não sei por que o Anor não chegou a ministro do Supremo. O outro falou: – É que ele não gosta muito de estudar. Daí então o terceiro disse uma frase que me encheu de orgulho: – Mas se ele estudasse, o que seria de nós!

Falando ainda dele, uma outra passagem que ficou conhecida em Porto Alegre: Anor era aluno de um juiz que não gostava muito dele e que uma vez lhe falou: – Olha, você vai se formar, mas nunca será um juiz. Formado, meu pai fez concurso e tirou primeiro lugar para juiz em Porto Alegre. Quando foi receber o diploma entregue por aquele professor, rasgou o referido documento na frente dele e disse: – Eu não quero ser juiz. Fiz o concurso apenas para demonstrar que você estava errado."

Tudo isso é bonito de contar, mas nunca senti, na verdade, uma ligação maior entre pai e filho. Acho que isso foi bom, porque resolvi ser o melhor pai que poderia ser e continuo me esforçando para isso.

Sei que ele foi de uma inteligência excepcional, que tinha muitos amigos e amigas, que jogava todas as noites, que bebia todas as noites, que fumava cachimbo, charuto e cigarro. Tudo isso eu sei, ele era uma figura interessante. Mas sei, também, que nunca viajei com ele, nunca foi me visitar no colégio interno onde estudei dos 11 aos 13 anos, nunca elogiou algo que fiz, nunca conversou sobre meus estudos, nunca foi a uma formatura minha e, quando eu já tinha mulher e filhos, ele ia lá em casa porque minha mãe queria me ver. Enfim, são apenas desabafos de alguém que talvez quisesse mais.

E por isso talvez eu gostasse de chamar atenção. Sim, talvez por tudo isso eu gostasse mesmo de chamar a atenção. Quando tinha seis anos, ganhei uma bicicleta de aniversário. Dei uma volta no quarteirão em Botafogo e fui atropelado, voltei para casa com pedaços da bicicleta na mão. Chamei bastante atenção.

Aos dez anos, atravessando a rua Nossa Senhora de Copacabana para ir ao Colégio Mallet Soares, após pular do bonde, fui atropelado por uma lotação e jogado uns vinte metros à frente. Não sei como, mas consegui sair ileso. Lembro-me de que minha professora, Maria Estela, me levou a um hospital, onde fizeram vários exames, mas nada encontraram de irregular. Acho até que voltei para o colégio. Sem chamar atenção, o episódio passou em branco lá em casa.

Fora duas capotagens e outros desastres, o fato é que fui crescendo e tentando chamar a atenção do meu pai. Às vezes entrava em uma boate, bebia todas e não pagava. Acontecia de então ir parar na delegacia, onde ele acertava as contas e me dizia: – Meu filho, não deves fazer isso.

Advocacia novamente

Mas vamos voltar à advocacia. Comecei a advogar no escritório do meu pai e do Bettiol, no Hotel Nacional, e resolvi me especializar em questões trabalhistas, o que eles não faziam.

Na época, meu pai me pagava um salário mínimo para que eu também visse os processos dele, que eram acompanhados por fichas nos tribunais. Quando, porém, comecei a ter algumas causas próprias, ele disse que não me pagaria mais, pois eu já tinha meus processos e ele precisava enviar dinheiro para meus outros irmãos, Caco e Guncho.

Mais tarde, deixei o escritório deles, abri, sozinho, um escritório trabalhista e comecei a angariar clientes. Primeiro, as salas eram alugadas, depois consegui comprar minha primeira sala no Edifício Seguradoras. De todos os honorários que ganhava, separava 20% para dar entrada em mais uma sala e aumentar o escritório, e 10% para comprar livros.

Deu certo. Aos poucos a Advocacia Maciel ocupou todo o andar e, mais tarde, mais um. Resolvemos então mudar o escritório para uma casa no Lago Sul, na QL 12 e, finalmente, montei o escritório dos meus sonhos ao lado da minha casa atual, também dos meus sonhos, na QI 05, em Brasília, empregando hoje muitos funcionários e advogados, alguns conosco há muitos anos.

Não foi fácil construir tudo isso. Tenho um dos maiores e certamente o melhor escritório de advocacia trabalhista do Brasil. Comecei com dez processos e tinha que pedir dinheiro emprestado aos bancos para pagar os funcionários no final do mês, atualmente temos mais de cinquenta mil processos. E eu que achava que não conseguiria ser nada...

Com os filhos crescidos, organizei a sociedade na Advocacia Maciel para garantir sua continuidade, principalmente para Bruno, Paula, Manuela e Pedro, além da Mônica que sempre cuidou da parte administrativa. Todo o escritório exitoso que conheço é também formado pelos filhos, se atuam na profissão. É uma honra e uma alegria para a família e para os colegas que trabalham em conjunto.

Bruno, o mais velho, já com mais de vinte anos de advocacia, cada vez mais sábio e temperado, está coordenando muito bem boa parte do escritório. Acho que o Pedro, que está ainda nos primeiros anos de advocacia, será um grande advogado, pois demonstra muito interesse no que faz. Já a Manuela, com sua formação em psicologia, deve deixar a advocacia para tratar de pacientes, porque sua inteligência é grande para qualquer área, mas ela está escolhendo a área de saúde. A Paula, com sua sagacidade, tem se desenvolvido bastante, mas, com os filhos pequenos – José e Maria, tem participado um pouco menos, logo voltará a atuar com brilhantismo, como vinha fazendo.

Os mais de 55 anos de advocacia me trouxeram parceiros incríveis, entre eles, Aref Assreuy, que trabalha comigo há mais de 36 anos. Começou como estagiário, depois entrou no lugar da Patrícia, que viria a ser sua esposa, e na época nem o conhecia. Trabalhou muito, sempre querendo aprender, hoje é um advogado completo e um grande amigo. Devo citar também o Roberto Caldas de Oliveira, pessoa séria, fechada em si mesmo mas com uma cultura e honestidade admiráveis, levando o escritório a ser o que é, um sucesso hoje internacional.

O escritório tem funcionários fantásticos, pessoas nas quais tenho confiança total, como a Ilda e a Flávia, que toda a vida cuidaram do meu dinheiro, a Carmen, minha secretária incrível, e o Cosmo, nosso garçom predileto.

Tive, claro, decepções e mágoas. A maior dela foi, certamente, com um advogado que coloquei no escritório ainda como estagiário. Abrimos uma área cível para que ele tomasse conta, ficando responsável por toda a organização desse ramo do escritório. Eu confiava nele, pois, além de tudo, era primo e afilhado da minha mulher.

Aos poucos, ele foi organizando um núcleo, contratando advogados e formando uma "turma" que respondia a ele, sob suas regras, sem que nunca de sua honestidade. Efetivamente o relacionamento não foi longe e ele foi desligado do escritório.

Decepções e mágoas se repetem na vida e, às vezes, surgem daqueles que você considera muito. O ser humano é complexo e surpreendente em suas atitudes, é importante tentar entender atitudes que nos contrariam, até porque, às vezes, podem decorrer de erros nossos que nem nos demos conta de ter feito.

Há pouco tempo, recebemos uma notificação de uma nova reclamação trabalhista contra o escritório, no valor de R$1.000.000,00. A reclamação foi feita por uma advogada que, por dezessete anos foi sócia, e antes, durante dez anos, trabalhou como autônoma. Ela já tinha entrado com uma reclamação e logo desistiu certamente deve ter feito isso para evitar a prescrição.

Pois não é que essa advogada, há dois anos, pediu-me para sair do escritório porque, em razão do trabalho realizado conosco, foi considerada para ser contratada em uma das maiores Confederações do país? Chorando de emoção e agradecimento, assinou seu distrato como sócia e está lá trabalhando com todas as vantagens de uma grande advogada. Depois de dois anos, deve ter lembrado que poderia ainda receber um bom dinheiro do seu antigo sócio "fraudulento", como diz na ação. Muito acontece de quem menos se espera mas são coisas da vida.

Não é por nada, não, essas coisas, o ser humano faz, mas o Frederico, meu cachorro, não.

De outras profissões

Quando fiz 18 anos, queria ganhar algum dinheiro e consegui uma vaga para vendedor da revista *Senhor*, uma ótima revista que saiu durante algum tempo no Rio de Janeiro. Logo de início, quis levar uma assinatura de presente para aquele que eu queria que se tornasse meu sogro, pai da minha quase namorada, Vera. Como ele me viu pendurado em um poste numa festa na Avenida Atlântica, não gostava muito da minha figura. Ele não só não aceitou a revista como também não gostou que eu pretendesse namorar sua filha, e assim ficou mesmo difícil.

Ainda assim, continuei a vender a revista no centro do Rio. Aprendi que, quando procurasse um cliente, deveria bater na porta e dar um passo atrás, isso facilitava a abertura e o diálogo. E assim vendi muitas assinaturas. Vejam, essa é uma lição interessante. Quando você precisar ser recebido por um estranho, ou alguém pretensioso, dê um passo atrás...

Depois meu pai me conseguiu um emprego em uma empresa no Centro, como fiscal que verificava se os clientes tinham pagado determinada mensalidade. Mas os referidos clientes eram todos muito mal-encarados e não gostavam de mostrar seus livros contábeis. Pegava uma lotação e ia para Olaria, São Cristóvão etc., e quase apanhava dos donos de bares e restaurantes locais após usar minha carteirinha de fiscal. Foi horrível.

Trabalhei também com Márcio Braga em seu cartório de notas. Eu era datilógrafo e ganhava por página batida (chamava-se rasa). No final do dia, eu apresentava o número de páginas e recebia o valor diário referente. Era um craque na máquina, fiz até crediário na Elmo que, com a Otto, eram as duas lojas mais importantes de roupas para homem.

Também como estagiário, pelos idos de 1963, em Brasília,

trabalhei em uma delegacia que existia na W3 Sul, com o delegado Assunção. Esse delegado era tão maluco que engoliu um diamante que "achou" com um prisioneiro, em uma prisão que teria feito. Chegou até a sair nos jornais e revistas da época. Eu saía de jipe com mais dois policiais e fazia blitz em obras, verificava pequenos roubos na Asa Sul. Usava um revólver com o qual nunca atirei – nem sabia usar –, mas tudo era uma aventura.

Nesse tempo, em que atuava como assistente do delegado, ele me chamou para levar alguns prisioneiros para a Papuda, eram uns seis e já estavam na delegacia há dias. Entraram todos em um caminhão todo fechado, que tinha apenas uns buraquinhos para respirar. No meio do caminho, o Assunção me disse: – Olha como se assusta esse pessoal: desceu, abriu a porta traseira do caminhão e disse para o primeiro – desce aqui imediatamente. O coitado desceu tremendo, e o delegado fechou a porta do camburão.

Então gritou para ele: – Corre que vou te matar. O rapaz saiu correndo, apavorado, e o Assunção deu uns três tiros para o alto. Depois entrou novamente no caminhão e continuou levando os presos, que estavam apavorados com a possibilidade de uma nova parada. Foi uma experiência horrível. Quanto ao Assunção, parece que acabou preso mais tarde.

Uma vez fomos pegar alguns arruaceiros bêbados na Cidade Livre, em uma boate. Quando chegamos lá, os arruaceiros eram o meu irmão Guncho e uma turma de Brasília. Ao invés de darmos ordem de prisão, sentamos com eles e bebemos até o sol raiar.

Aliás, o Guncho, nessa época, deu uma festa lá em casa, (morávamos eu, ele e meu pai). Foram todos os amigos e algumas mulheres que chamávamos, ná época, mulheres da vida. A festa não acabou bem, mas uma delas se destacou colocando todas as outras para fora. Ela , que se chamava Bernadete, foi então contratada para ser nossa cozinheira e ficou durante muitos anos, trabalhando conosco, ficamos amigos e por muito tempo cuidou da minha mãe quando ela veio morar em Brasília. Como empresário, tive uma outra aventura. Dono de pedalinhos. Eu e Fernando Ribeiro, meu amigo e gerente da Remington, resolvemos colocar alguns pedalinhos no lago para alugar. Fomos à lagoa do Buriti, ao lado da casa do vice-presidente, conversar com um fabricante de barcos que disse que sabia fazer pedalinhos. Juntamos nossas economias e mandamos fazer uns vinte. Colocamos no Iate, no Cota Mil e no Minas Tênis Clube, e contratamos funcionários para cuidar dos aluguéis.

No primeiro fim de semana, o negócio foi muito bem. Depois começou a chover e, pior que isso, os pedalinhos começaram a enguiçar. Ninguém sabia como consertá-los. Resultado, falimos rapidamente. Vendemos o que sobrou para o prefeito Anapolino, que os colocou no Iate Clube de Anápolis. Triste fim de minha atuação como empresário.

O principal trabalho que tive paralelamente à advocacia foi como redator da Voz do Brasil. Meu pai conseguiu a nomeação para mim e para Viviana como redatores da Agência Nacional. Fiquei nesse cargo por muito tempo e, através dele, alcancei a Procuradoria da LBA e depois da Presidência da República, onde me aposentei aos quarenta e oito anos.

Eu trabalhava inicialmente no Rio de Janeiro, perto do Santos Dumont, e depois em Brasília, no 5° andar do Ministério da Justiça. Lá chegava às 16 horas e começava a redigir os telex que chegavam sobre notícias de todo o Brasil. Íamos passando as notícias, devidamente corrigidas, para o chefe de redação que, na época, era um grande jornalista, Rivadávia de Souza. Ele preparava o texto que iria ser lido às 19 horas pelo Meira Filho, locutor que depois se tornou senador por Brasília.

Foi uma época interessante, um grande aprendizado entre jornalistas brilhantes. Um tempo de colaboração com um jornal oficial do governo, ouvido por todo o Brasil, sempre às 19h.

A Justiça do Trabalho e os classistas

E na Justiça do Trabalho teve a época dos classistas, juízes e ministros que representavam empregados e empregadores em uma justiça cuja filosofia era a mesma da OIT, tripartite, com juízes togados e representantes que pudessem demonstrar os interesses de cada categoria na prática e não conforme o direito.

Se a escolha não fosse do presidente da República, como sempre foi, e nunca das mais acertadas, parece-me que o sistema funcionaria bem, mas acabou extinto em razão de sua composição.

Lembro que, em um certo julgamento de alta relevância, eu estava defendendo a empresa e, no final, empatada a decisão, faltava o voto de um classista, representante dos empregados. Bom, pensei, perdi. Pois não é que o representante dos trabalhadores desempatou em favor da empresa que eu defendia? E não foi nada por convicção.

Após a proclamação do presidente, o classista disse que a empresa tinha perdido, pois seu voto era em favor do sindicato dos trabalhadores. Ele não tinha entendido. Esclarecido, porém, confessou: "puxa, eu não entendi e pensei que estava votando contra a empresa". A advogada da parte contrária que, como eu, ficou efetivamente surpresa, era a Dra. Cristina Peduzzi, brilhante causídica e atualmente uma das melhores ministras do Tribunal Superior do Trabalho, além de madrinha da Paula.

Ainda na fase de crescimento

Mas vamos voltar à infância. Na minha casa, que até os cinco anos foi em Porto Alegre, e depois no Rio de Janeiro, onde mudamos diversas vezes, tudo era gozação, até a morte. Tudo era festa, o bom e o mau, e se eu saísse à noite e acordasse em uma delegacia, meu pai me buscava e me colocava na cama, como já contei, e isso era motivo de risos no dia seguinte. Eu, no fundo, detestava isso, mas não entendia bem o incômodo, não havia nada contra mim diretamente, e acabava me sentindo errado, não me encaixava.

Havia um vazio em mim, algo como um buraco, que ia crescendo. Com onze anos fui estudar no Colégio Nova Friburgo, era um colégio interno, onde fiquei por dois anos. De quinze em quinze dias, eu ia passar o fim de semana em casa. No mesmo colégio, estudava Márcio Braga, que era muito amigo e, mais velho que eu uns cinco anos, me acompanhava nas travessias das barcas Rio-Niterói até em casa. Márcio ficou conhecido como presidente do Flamengo.

O colégio era fantástico na época, e hoje ainda seria, mas fechou talvez por falta de verba ou por incapacidade administrativa. Ficava em cima de uma montanha, com vista para a cidade, o prédio ainda está lá. Tínhamos aulas em prédios específicos para cada matéria e um ginásio de esportes dos melhores do Brasil. Foi uma época da infância em que me senti bem, o que não aconteceu durante quase todo o meu crescimento. Fui uma criança e um adulto medroso, tinha medo de não conseguir ser nada, receio de sofrer doenças terríveis, ou de surgir algum problema que não pudesse vencer.

Eram fantasias, e para vencer esses medos, inventei um pai, como já disse, muito rigoroso, que me cuidava. Na época, foi uma invenção psiquicamente necessária, mas me custou muitos anos integrar essa figura paralela e me tornar um só, inteiro. Até hoje tenho de conversar com aquela criança e dizer a ela que tudo já passou. Vencemos!

Volta ao tribunal

Suspendo o assunto anterior porque me lembrei de um julgamento curioso e antes que me esqueça: fui defender, no Tribunal Superior do Trabalho, um colégio de freiras de São Paulo em um processo que vinham perdendo e, se assim continuasse, elas perderiam o próprio colégio.

Elas tinham razão, mas o advogado dos empregados, ex-diretores, era alguém de uma eficiência e conhecimento incríveis. Dificilmente uma boa tese derrubaria as vitórias por ele alcançadas. Pedi, então, para que as freiras viessem ao julgamento. A madre superiora ficou sentada na primeira fila, ao meu lado. Ela era bem velhinha e estava chorando pela possibilidade de perder o colégio. Acabei a sustentação dizendo que, se havia empregador no caso, este era Deus. Ganhamos. Acho que não só pela tese jurídica, mas pelo choro da querida madre.

Eu estudava muito os processos, muito mesmo, mas na hora da defesa, eu usava também uma técnica para ganhar que funcionava bastante bem. É que sempre achei que o advogar não é só conhecer o direito, mas conhecer também os ministros, os juízes e os servidores. Se possível, entrar cada vez mais em suas intimidades, pois é como conhecer os instrumentos de trabalho com os quais se completa a atuação.

Vejam, se o ministro está irritado com o advogado, se não gosta de determinada tese ou se não está bem de saúde, isso influencia o voto que vai proferir. Tudo tem de ser visto em conjunto com o direito que se vai defender.

Do mesmo modo como me cerquei mentalmente de todos os perigos inventados para me sobrepor à minha suposta fraqueza, assim também fazia com os processos, me certificava de tudo, com cuidado e atenção. Fui ganhando causas e clientes, tendo êxito na profissão, o que me possibilitou ter o escritório de maior movimentação trabalhista no Brasil. Certa vez, meu psicanalista disse que há males que vêm para o bem e que a defesa que fazia para mim também usava nos processos. É verdade, mas poderia usar o cuidado somente para os processos.

Eu professor

Fui professor durante dez anos, e minha aulas ficaram famosas no CEUB. Primeiro porque eram boas mesmo e segundo porque muitas alunas ficaram íntimas. Eu não era lá um sujeito que afastava realmente aquelas intimidades.

Tinha uma aluna muito bonita, nem sei se era casada, e que prestava muita atenção na minha aula, que, muitas vezes, acabava às 23h. Certo dia, quando entrei no carro para voltar para casa, encontro-a sentada ao meu lado. Eu nem sabia o seu nome, mas ela era muito, muito bonita.

Esses lances aconteciam, é verdade, mas eu achava realmente bom dar aulas. Criei uma forma de atuação de que todos gostavam, discutíamos a matéria como se estivéssemos sempre em julgamentos, com defesas e acusações. Era ótimo.

Comecei a dar aulas como assistente do ministro Carlos Alberto Barata e Silva. O ministro Barata faltava tanto às aulas que eu era considerado pelos alunos como professor titular. Também atuei como assistente do Coqueijo Costa e dei algumas aulas na UNB. Era uma vida profissional divertida, começava no escritório às 9h, atravessava a galeria que dava nos bancos, almoçava uma torta de chocolate e ia para o TST, onde ficava até umas 18h, corria então para a faculdade e voltava para casa às 23h para ficar com a minha mulher que, a essa hora, quase sempre só queria dormir.

Mas era preciso, queria vencer e venci.

Sobre livros

Escrevi mais de sessenta livros sobre direito, poesia e crônicas, tendo a honra de ingressara na Academia Brasiliense de Letras, alguns em coautoria, sendo que o *Direito do Trabalho ao Alcance de Todos,* feito em linguagem bem fácil para o trabalhador, vendeu mais de um milhão de exemplares, talvez um recorde mundial em livros de direito do trabalho. O livro foi publicado mais tarde também em braille. Há alguns anos, a Paula o atualizou. Com a Reforma Trabalhista, Paula e Manuela mexeram novamente nessa parte do texto.

Muitos dos livros que participei em coautoria eram dedicados a uma figura ilustre do direito. Mas nunca entendi quando, no lançamento desses livros, o homenageado se sentava para autografar a obra, como se fosse o escritor. Acho que isso não está muito certo, mas é costume.

Fiquei muito satisfeito quando recebi um livro de biografias feito em Cambridge sobre as duas mil pessoas mais importantes do século XX e, para minha surpresa, lá estava minha biografia resumida.

Onde esses caras de Cambridge me descobriram?

Em 2019 lançei um novo livro com minha filha Manuela. É um livro de poesias chamado *Eu e meu pai.* São poesias maravilhosas dela acompanhadas por algumas minhas, mais um feito para me orgulhar, ainda mais que o livro é editado pela minha filha Adriana, editora da Numa.

Uma lição de economia

Uma das profissões que me parece mais complexa e que teria maior dificuldade em aprender é a de economista.

Certa feita, li um texto que me deu uma lição de economia de forma a não deixar dúvida nenhuma quanto à sua complexidade. Vejam o texto:

"Às margens do Mar Báltico chovia muito e o vilarejo estava totalmente abandonado.

Eram tempos muito difíceis, todos tinham dívidas e viviam de empréstimos.

De repente, chega ao vilarejo um turista muito rico. Entra no único hotel do vilarejo, coloca sobre o balcão uma nota de 100 euros e sobe as escadas para escolher um quarto.

O dono do hotel pega os 100 euros e corre para pagar sua dívida com o açougueiro. O açougueiro pega o dinheiro e corre para pagar a dívida dele com o criador de gado.

O criador de gado pega o dinheiro e corre para pagar a prostituta do vilarejo, que, por conta da crise, trabalhou fiado. A prostituta corre para o hotel e paga o dono pelo quarto que alugou para atender seus clientes.

Nesse instante, o turista desce as escadas após examinar os quartos, pega o dinheiro de volta e diz que não gostou de nenhum dos quartos, abandonando o vilarejo.

Ninguém lucrou absolutamente nada, mas toda a aldeia vive hoje sem dívidas, otimista por um futuro melhor."

Isso é economia.

Ainda da infância

Morei muitos anos no Posto 6, em Copacabana. Morei também na rua Bolívar, no Posto 5, na rua Júlio de Castilhos, 83 e 85 e , ainda, na rua Joaquim Nabuco, em um apartamento ao lado do vice-presidente Café Filho, no primeiro andar, esquina com a av. Nossa Senhora de Copacabana.

Antes, morei em Botafogo, na rua São Vicente, e também na rua Princesa Isabel, no início de Copacabana, ao lado do Roberto Marinho, antes de existir a TV Globo.

A minha infância no Rio foi caracterizada por mudanças, mas, por mais de dez anos, morei em frente à praia, no Edifício Igrejinha. Tinha muitos amigos que sempre se reuniam à tarde, depois das 18 h, embaixo do edifício.

Aliás, no jardim desse edifício, tinha um pessoal mais velho que plantava maconha, um deles era campeão brasileiro de vôlei. Jogávamos muito vôlei na praia e tínhamos nossa rede própria, e antes das dez horas, a emprestávamos para os velhos, que eram os pais de nossas amigas. Hoje eu seria um desses velhos. Uma vez o Carlos Imperial, que lançou o Roberto Carlos, pediu para jogar conosco. Ele jogava muito mal. Ficou com o apelido de Imperial Joga Mal. Certo tempo depois, desapareceu.

Depois do vôlei, eu jogava pelada, corria e nadava até os pescadores, no final do Posto 6. Quando minha mãe colocava uma toalha na janela, era hora de voltar. O almoço estava na mesa.

Às 18 horas tinha sempre a pelada dos "paraíbas", pessoal que trabalhava nas obras, e então eu descia para jogar com eles.

Tinha um amigo que considerava muito, o Teco, da mesma idade que eu. Ele era "o cara" na época, namorava todas as meninas, o pai dele comandou o golpe militar, em

1964. Juntos tínhamos arrendado um cavalo do Exército, que colocamos no jóquei. Eu era amigo da família e dormia muitas vezes na sua casa, invejando o fato de ele ter um armário só dele e uma atenção enorme do pai.

Andávamos quase sempre eu, Roberto Williams, George e Teco, que comandava os programas e tinha as melhores namoradas; nós seguíamos suas ordens aproveitando o que sobrava, especialmente eu, que me achava tão inferior, pois, além de tudo, ele era o melhor jogador de futebol da praia e também dos outros esportes.

Uma vez, devia ter uns 12 anos, eu, Teco e Jorge resolvemos ir para Teresópolis de carona, à tarde, sem falar com ninguém.

Saímos do Posto 6 e fomos até a Getúlio Vargas, onde pegamos carona em um caminhão de carne que ia para Petrópolis.

No meio da serra, já escurecendo, debaixo de uma lona, de repente, levantou um cara. Foi um dos maiores sustos que tive. Era um cara legal e foi conversando conosco.

Lá chegando, descemos do caminhão e fomos para um parque que conhecíamos, perto da cidade. Dormimos nos bancos. Pela manhã, não tínhamos nem dinheiro para um lanche. Acho que, por essa razão, me lembro de ter roubado a maçã de um menino que passava.

Não me lembro bem de toda a história, mas sei que, com o pequeno valor que tínhamos, conseguimos comprar as passagens de ônibus e voltar para o Rio. Certamente que tive muito medo do susto que devia estar provocando em todos em casa, mas, na verdade, ao voltar, não me lembro de ninguém assustado.

A história do Teco, resumidamente, teve um final muito triste. Ele se casou, teve duas filhas, formou-se em engenharia. Eu vim morar em Brasília e nos distanciamos. Soube depois que ele cometeu suicídio, jogando-se do prédio em que ficava o escritório de seu irmão, Sérgio. Pulou de um andar alto.

Como fui para Brasília em 1960, e fiquei definitivamente após 1965, me afastei aos poucos dos amigos que tinha e conheci novos aqui na capital.

O segundo casamento

O segundo casamento foi com a Adriana.

Eu morava naquela casa de ver aviões, perto do aeroporto, antigo QI B, atual QI 1, Lago Sul, com as duas filhas, Adriana e Renata. Levava-as para o trabalho, nessa época trabalhava também como assessor especial do ministro do Trabalho, pois era especializado em direito do trabalho, matéria que estudei muito e sempre com a qual trabalhei, conforme esclareço à frente.

Nessa casa tivemos, eu e minhas filhas, boas recordações, como a de um avião que pensei que cairia na nossa cabeça, corri com as meninas e joguei-as em uma vala para nos proteger. Claro, nada aconteceu, o avião pousou tranquilamente; ou como me atirei na piscina para pegá-las, pois estavam quase se afogando, uma tentando salvar a outra; ou a história do velho amigo do meu pai, que parou a kombi em frente à nossa casa para construir uma casinha de hóspedes no nosso jardim. Foi construída no fundo do quintal, com o pouco dinheiro que eu ganhava. No final, ninguém dormia lá, mas a aproveitávamos bem; lembro também de um dos nossos cachorros que, louco, correu sem parar, durante uns trinta minutos, e morreu.

Era o Brasil da ditadura, muitos aviões eram sequestrados e meu telhado passou a ser um palco para assistirmos à cobertura dos sequestros. Não esquecemos também o dia em que saímos para ir ao cinema e, quando voltamos, um raio tinha caído sobre a casa e arrancado o teto. As meninas se divertiam, sem entender direito o perigo, com a chuva que caía dentro de casa.

Mas, como ia dizendo, me casei com a Adriana. O segundo casamento foi um tanto complexo, mas valeu muito, porque dele nasceram dois filhos fantásticos, Bruno e Paula.

Presidente do Iate Clube de Brasília

Na época em que Onísio Ludovico foi comodoro do Iate Clube, e eu era presidente, nós resolvemos construir a sede principal, uma obra fabulosa, e que até hoje tem um estilo bem moderno.

Mais tarde fizemos uma separação das piscinas mediante um paredão de peitos e bundas, muito falado na época. Poucas horas antes da inauguração, eu ainda estava colocando algumas lâmpadas que faltavam na sede. A festa foi um sucesso. No salão principal, um show com Cauby Peixoto... que voz fantástica! Quando fiz setenta anos, ele cantou lá em casa, uma surpresa da Mônica, minha mulher, pra mim.

Meu título do Iate é de número 45, e minha carteira da Ordem dos Advogados tem o número 513. É interessante, quando vou votar na OAB, há uma divisão por números, uma das cabines é para advogados com o número da Ordem de 1 a 800. Quase nunca encontro ninguém votando. Por que será?

Em 1960, tínhamos no Iate apenas uma sede, dentro d'água, redonda, onde fazíamos as festas. Um dia teve um desfile das misses de todo o Brasil, acho que era em 1961. Nessa noite, gostei e comecei a ficar com a miss Ilha do Governador, que era uma mulher linda, prima do Zé Grandão.

Zé Grandão era filho de uma namorada do meu tio Plínio, Maria do Carmo, e tinha esse apelido porque ele era mesmo grandão. Ele não queria que eu ficasse com a prima.

Saímos então do salão e começamos a brigar, mas, ainda bem, muitos sócios saíram juntos e apartaram a briga, pois certamente eu iria apanhar muito mais uma vez. O certo é que ainda fiquei com a miss, que não foi eleita.

Em 2016, fiz uma exposição dos meus quadros no Iate. A venda foi revertida em favor da Fundação do Câncer, presidida pela Therezinha Falcão. Foi um sucesso. Não sei se em razão dos quadros ou em decorrência da destinação dos valores arrecadados. Acho que os dois.

Mas vamos falar da Mônica

Depois de ficar um tempo solteiro em Brasília, experiência realmente proveitosa durante certo tempo, eu estava em uma festa na casa do meu sobrinho Anor, e ele me apresentou a uma menina que trabalhava no TST, Mônica.

Ela era linda e tinha vinte e três anos a menos que eu. Naquela noite mesmo começamos a sair juntos.

Eram saídas maravilhosas e eu olhava para aqueles meus amigos do tênis, todos com mais de quarenta anos, muitos anos de casados e me achava um garoto namorando a menina mais linda que existia. Talvez tenha sido em razão disso que estou com mais de 80 e não envelheço, hahaha.

Depois de alguns meses, resolvemos viver juntos e fomos comemorar com uma lua de mel fantástica na Jamaica.

A Mônica ganhou de casamento quatro filhos e alguns netos e tratou-os todos como filhos e netos, embora ela só tivesse 24 anos, e assim tem sido até hoje, mesmo eu já tendo um bisneto. O ruim é ir para a cama com uma bisavó, mas o que se pode fazer...

Vivemos sempre unidos e ela é a responsável por essa união, e quando digo unidos, não só eu e ela, mas nós e mais seis filhos e nove netos e um bisneto. Ela nunca brigou com ninguém e sempre procurou aproximar todos. Assim tem sido durante todos esses mais de trinta e três anos em que estamos casados.

Ela me acompanhou toda a vida após estarmos juntos, e fez com que eu me alimentasse melhor, me exercitasse diariamente, vencesse as piores doenças que já tive, diminuísse meu medo da vida, deixasse de ser o pretenso machão que era, amadurecesse e visse que só existe para mim uma única mulher, ela.

Nossa viagem de lua de mel à Jamaica foi mesmo fantástica. O hotel ficava próximo ao aeroporto e, para disfarçar o barulho, quando um avião levantava voo, todos os garçons batiam palmas. Aquilo se transformava em festa! Embaixo do nosso quarto tinha uma piscina de água quente e tudo combinava com a nossa paixão, cada vez mais quente, ao lado do mar do Caribe.

E por lembrar do mar, não posso esquecer o Taiti. Não sei se era mais linda a ilha ou a Mônica. Tudo era maravilhoso! Lá fizemos um casamento na praia, foi muito lindo. Está para sempre na memória.

Conhecemos o mundo juntos e continuamos até hoje de mãos dadas, como se estivéssemos começando um relacionamento. Idas à Europa foram diversas, e uma das vezes em Veneza, no melhor hotel na ilha, nos deram uma suíte indescritível. Costa da Itália, Grécia, Turquia, Dubai, Paris, New York, Capri, Londres, Cannes, meu Deus, quantos momentos lindos, que vida linda.

Mônica é muito inteligente, detalhista e tem a admiração e a amizade de diversas pessoas, inclusive de todos os meus filhos, dos netos e do bisneto, mas no fundo não acredita em suas qualidades, pois foi muito desacreditada durante a infância. Uma coisa curiosa sobre ela é o modo como ela não consegue falar mal de ninguém. Se você vir uma mulher e disser que é feia, ela certamente dirá que – talvez não seja bonita, mas é vistosa!

Quando completou 56 anos, Manuela, Pedro e eu fizemos uma festa surpresa para ela. Era uma festa temática, inspirada no musical *Mama Mia*. Decoração inspirada na Grécia, convidados vestidos a caráter, músicas do ABBA. Toda a família reunida, amigos e amigas queridas se encontraram, ela não esperava. A festa aconteceu na casa da Cláudia C. Bastos, foi realmente uma surpresa .

Ela adorou, dançou a noite inteira, fantasiada com roupas dos anos 1970. Manuela tinha separado para ela se vestir lá, depois do susto. Tudo se apresentou como queríamos para que ela visse o quanto é importante para aqueles que ama.

Nesse ponto, acho interessante contar sobre o medo que ela superou causado pelos dois casamentos anteriores. É que com a primeira mulher, fiquei casado dez anos e tive duas filhas, com a segunda também fiquei dez anos e tive mais dois filhos. Assim, quando eu e a Mônica fizemos dez anos de casados, com dois filhos, ela ficou muito apreensiva. Agora ela parece estar segura com o nosso relacionamento, já superou os primeiros dez anos, e mais dez, e mais dez anos. Agora ela vai ter de me aguentar até o fim.

Em novembro de 2018, estivemos mais uma vez em Portugal, com o Pedro, a Manu, o Bruno Frota e a Gilda. O objetivo principal era ir com a Gilda, minha sogra, uma mulher de imensa bondade, para conhecer Fátima, e comemorarmos juntos seus 80 anos. Foi uma bela viagem, visitamos o Porto, depois fomos a Fátima. Eu e Gilda lá, na capela da Fátima, comungamos. Depois seguimos para Lisboa. Comemos muito bem o tempo todo, sem deixar para trás os pastéis de Belém e o Solar dos Presuntos.

Esse é um resumo da nossa vida.

Do câncer de bexiga

Vou contar sobre mais uma doença grave que, me parece, consegui vencer. Estávamos no Tivoli, um resort na Bahia, com toda a família – como temos feito sempre em janeiro – quando urinei um pouco de sangue. Não liguei, pensando ser alguma coisa passageira.

Alguns dias depois, no Rio, aconteceu novamente a mesma coisa. Então procurei um urologista que me pediu uma ecografia da bexiga. Durante o exame, um radiologista muito "engraçado" parou e me disse: – Você está vendo aquela bolinha meio levantada ali na parede da bexiga? Acho que é um câncer! Chamei a Mônica, que estava aguardando na recepção, e contei para ela que estava com um câncer de bexiga. Porra, que sensação de merda!

Procuramos o melhor médico que diziam existir no Rio, que resolveu me operar dois dias depois, em uma casa de saúde aberta na Figueiredo Magalhães, em Copacabana. Era realmente maravilhosa, parecia um hotel de luxo. Fizeram uma raspagem na bexiga. O médico disse que estava tudo ótimo, e que depois eu deveria procurar um oncologista para verificar se tinha de fazer algum tratamento.

O oncologista também me disse que não tinha mais nada. Os dois me pediram outro exame três meses depois. Lá fui eu para a cistoscopia. Então me disseram que eu estava bom e que deveria tomar seis vacinas de BCG, uma a cada semana, para prevenir a volta da doença.

Antes de começar, procurei outro médico famoso que me pediu uma tomografia. Como havia pouco tempo da cistoscopia, a bexiga apareceu toda machucada. O médico que fez a leitura do exame entendeu que era um câncer gravíssimo.

Muito assustado, peguei um avião e fui para o Sírio Libanês, em São Paulo. Lá procurei o Dr. Marco Arap, filho do

Sami, que tinha me operado há dezenove anos do câncer de próstata.

O Marco fez um novo exame e verificou que o médico do Rio de Janeiro não tinha raspado todo o tecido canceroso, mas que não havia maior risco porque a camada não atingira o músculo. Ele fez a raspagem correta, eu voltei para Brasília e fiz as seis sessões de BCG, uma a cada semana, e, depois, mais quatro, uma a cada mês. Na verdade, as injeções não são doloridas, mas me traziam uma angústia e um receio em relação a quem aplica, pois o local é muito sensível. Depois de todo esse tratamento, retornei a São Paulo, fiz um novo exame e não havia mais nenhum sinal do câncer. Agora, faço exames anuais para verificar se tudo continua bem. O que espero.

Fizemos, nesse meio-tempo, viagens diversas para São Paulo, por alguns sustos, a Mônica sempre me acompanhando. Ela também foi vítima de um: o mesmo médico que fez a leitura errada da minha bexiga, viu que tinha um sinal no pâncreas dela que poderia ser um indício perigoso. Fomos ao Sírio, não era nada.

Durante o mesmo período, a Manuela se casou numa festa linda, em Búzios. Foi maravilhoso, mas eu estava ainda tenso, no meio do processo de erros e acertos em relação ao câncer na bexiga. Depois as vacinas de BCG no Sírio e em Brasília. Mas, enfim, correu tudo bem e me parece que, além desses sinais pré-cancerosos que tenho de tirar muitas vezes na pele, já venci dois cânceres e espero não precisar vencer outro.

Mas, se precisar, pode deixar que é comigo mesmo.

Algumas homenagens decorrentes da advocacia

Recebi muitas homenagens pela minha atuação como advogado. Dentre elas, tive a satisfação de ser agraciado como cidadão honorário de Brasília pela Câmara do Distrito Federal.

O Flamengo também me deu o título de sócio honorário e uma faixa que, de forma igual, foi entregue ao Lula, quando era presidente, no mesmo dia.

O Tribunal Superior do Trabalho me concedeu a titularidade de comendador e, posteriormente, por promoção, ganhei o mais alto grau que um advogado pode receber, o diploma de Grande Oficial.

Em Cuiabá, recebi do Tribunal Regional do Trabalho o título de comendador, e recebi o mesmo do Tribunal de Brasília.

Fui presidente do Instituto dos Advogados do Distrito Federal. O Supremo Tribunal Federal, me homenageou plantando no jardim uma árvore com meu nome no bosque. Assim, acho que sou o único advogado do Brasil metido no meio dos ministros do Supremo com árvore no bosque, o que é mais do que ser ministro do Supremo.

Fui honrado com o ingresso no Instituto dos Advogados Brasileiros, no Instituto dos Advogados do Rio Grande do Sul e no Instituto dos Advogados de São Paulo.

A editora LTr fez uma homenagem pública quando meu livro *Direito do Trabalho ao Alcance de Todos* completou 750.000 exemplares vendidos.

Há muitos anos, ingressei na Academia Brasileira de Direito do Trabalho, da qual fui diretor, sou também membro da Academia Brasiliense de Direito do Trabalho e da Associação Ibero-americano de Direito do Trabalho.

Fui eleito para a Academia Brasiliense de Letras.

Sou membro da Asociación Iberoamericana de Juristas

del Derecho del Trabajo e do Instituto IberoAmericano de Derecho del Trabajo.

Enfim, ganhei muitas homenagens como simples advogado e acho que o mérito delas é que nenhuma decorreu de algum cargo que exerci, e sim de minha advocacia particular, decorrente de toda essa loucura maravilhosa que vivi.

A melhor homenagem entretanto, que tive, foi quando fiz 70 anos e a Mônica chamou toda a família no palco montado em minha casa e, juntamente a Cauby Peixoto, todos cantaram "Como é grande o meu amor por você" para mim.

Da Nossa Senhora de Fátima

Imaginem eu como devoto de uma santa, eu que nunca fui de seguir uma religião! Quando pequeno, meu pai nos levava à missa, e eu também, lá pelos dezesseis anos, frequentava a missa das 18h, no Forte de Copacabana. Mas frequentava porque era o *point* para encontrarmos as meninas e depois fazermos um programa. Tanto assim que, muitas vezes antes da missa, eu tomava alguns cuba-libres. Isso me levou, inclusive, a trocar uma nota de R$10,00 por uma R$20,00 na cestinha que o padre mandava passar para arrecadar dinheiro durante a missa. Um pecado mortal, que depois compensei dando uma nota de cinquenta.

O fato é que, quando estudava em Friburgo, interno, devia ter por volta de 11 anos, Nossa Senhora de Fátima veio de Portugal e visitou o colégio. Me lembro de ter ficado bem impressionado.

Aqui em Brasília sempre caminho pela manhã até um posto de gasolina à esquerda da minha rua, uns dois quilômetros à frente. Próximo ao posto, havia a imagem de Fátima. Durante muito tempo, eu olhava, mas quase não notava. Um dia, caminhando, notei que a referida imagem não estava mais lá e, por causa disso, tive então uma crise de choro que só parou quando cheguei em casa.

Quando estive em Fátima, Portugal, também me emocionei muito ao chegar ao altar no local de sua aparição.

Fiz então uma capela em casa e lá batizei a Maria, neste ano de 2018. E o que mais me chamou a atenção é que, quando o padre, frei Oslan, consagrou Maria a Fátima, comecei a chorar como se a santa lá estivesse.

Outro dia a Mirella, que foi minha *personal* durante vinte anos, disse que estava com dor em todo o corpo e que quase não se levantava da cama. Isso já estava ocorrendo há vinte dias. Foi a médicos, foi internada no hospital, fez exames e ninguém descobria as razões. Depois de uma aula, levei-a à capela e falei para rezar um pouco. Na saída, disse que não tinha mais dor nenhuma. Dois dias depois, ela veio dar a aula e me contou que, desde aquele momento, não teve mais nenhuma dor. Fátima?

São esses estranhos acontecimentos, além dos pedidos que fiz à Fátima e que sempre foram atendidos, que me fizeram acreditar que ela me dá uma proteção especial, embora eu seja, em princípio, um descrente, ou melhor, acredito em energia, na qual somos transformados. Mas, não sei se por causa da velhice ou pelo que me aconteceu, rezo para Fátima sempre e acho até que estou começando a acreditar um pouco na vida eterna, ou, pelo menos, nessa mãe espiritual, por quem choro e que me dá muitas alegrias.

Na verdade, adotei uma mãe maravilhosa, e não estou muito interessado se vai estar comigo depois, em outra vida, se ela existir. O fato é que sinto agora estar bem protegido e isso já me basta. Aliás, ela me deu mais um neto.

Da capotada na Vieira Souto

Íamos para uma festa de aniversário de uma namorada minha, na Gávea. Éramos cinco no carro do Rogério, que namorava a Teresa Delamare, cujo pai escreveu um livro de saúde para crianças que se tornou muito conhecido no Brasil.

Como meu filho Pedro faz hoje, antes de sair, entramos em um bar para o "esquenta", naquele tempo era com cuba-libre (rum com Coca Cola) e hi-fi (algo com gim ou vodca e laranjada). Seguimos todos, bêbados, no fusca do Rogério que, dirigindo pela Vieira Souto, gritou: – Querem ver como se morre? E a mais de 120km/h virou toda a direção do carro, que capotou três vezes e caiu sobre as quatro rodas novamente.

Daí, quando já estava mais devagar, eu pulei e saí rodando no asfalto e eles foram parar batendo vagarosamente em um poste.

Levantamos, ninguém tinha se machucado, mas estávamos todos sujos. Pegamos uma lotação e seguimos para a festa, da qual eu era o único convidado.

Entramos e nos olharam estranhamente. Lembro, então, que tinha uma orquestra de um tal de Chuca-Chuca. Ele tocava um piano que tinha rodinhas, e eu, dançando com a menina, resolvi fazer uma brincadeira, chutei o piano do Chuca. Foi uma situação hilária. Ele saiu tocando e correndo atrás do piano, e eu e meus amigos saímos também – fomos convidados a nos retirar pelo próprio pai da minha, a partir de então, "ex-namorada".

Secretário jurídico no Supremo Tribunal Federal

Em 1968, o ministro do Supremo Tribunal Federal tinha em sua assessoria um secretário jurídico, uma datilógrafa, um auxiliar e um motorista.

O secretário jurídico era alguém escolhido pelo ministro para trabalhar com ele pelo prazo máximo de dois anos ajudando-o a elaborar relatórios e minutas de votos.

Quando trabalhei com o ministro Eloy da Rocha, que chegou à presidência do Supremo, eram 11 secretários, e quase todos se tornaram ministros posteriormente, menos eu, que sempre quis trabalhar na advocacia.

Ficávamos eu e o ministro na mesma sala, quando entrava alguma visita, eu me levantava e ia para o corredor. Hoje parece que cada ministro tem dezenas de salas e dezenas de assessores. É o progresso.

Eloy foi um grande ministro porque sabia muito e estudava demais, porém seus votos eram demorados, ele levava meses até ter certeza do que decidiria. Muitas vezes preparei cinco, seis ou mais minutas do mesmo voto, e ele ampliava, corrigia e depois achava que não estava bom. Começávamos tudo novamente.

Quando pediam para que o ministro Eloy participasse de uma Comissão a fim de acelerar os julgamentos – logo ele, de quem reclamavam da morosidade dos votos, dizia: – Eu fui nomeado para julgar, e julgar bem, não para legislar sobre o processo.

Conhecedor profundo de direito do trabalho, antes mesmo da existência da Consolidação das Leis do Trabalho (CLT), foi um grande ministro, um jurista brilhante e pai dos meus amigos Paulo, Maria Teresa, Chico e Maria Amélia.

Era um sujeito muito católico. Às 6h da manhã já estava de terno e gravata para ir à missa com a Dona Jura, sua mulher, muito amiga da minha mãe. A Dona Jura e a minha mãe se reuniam lá em casa uma vez por semana para conversar e tomar café com leite. Uma falava uma coisa e a outra respondia sobre outro assunto. As duas eram praticamente surdas, uma não ligava para o que a outra falava. Passavam assim toda a tarde.

Vamos voltar ao Supremo. Estava para ser julgado o caso da Ladeira Sacopã, um dos mais famosos crimes acontecidos no Rio de Janeiro naquela época. O acusado era o tenente Bandeira, condenado a 15 anos de prisão pelo assassinato de Afrânio, em razão de um romance que teve com Marina Costa, que namorava o tenente.

O crime aconteceu em 1952, e Bandeira ficou preso até 1960 quando ganhou o benefício da liberdade condicional com a ajuda do advogado Tenório Cavalcanti, "o homem da capa preta", como era chamado.

Embora tenha recebido indulto de Juscelino Kubitscheck, tenente Bandeira continuou a se defender para provar sua inocência. Eu estudei o processo durante vários meses. Enquanto isso, sua mãe, uma velhinha de idade avançada, sentava-se todos os dias à porta do gabinete de cada ministro para conseguir bom resultado no julgamento.

A defesa do tenente Bandeira anulou no Supremo a audiência do júri, porque um dos jurados estava com o nome errado na ata de julgamento que se deu em 1954.

O processo voltou para novo julgamento e posteriormente retornou ao Supremo. Bandeira ainda tentava provar sua inocência no STF quando morreu, em 2006.

Imaginem que o referido processo criminal rolou pela Justiça até a Suprema Corte por 54 anos e, ainda assim, não teve fim, pois o recorrente morreu!

Um dia, o ministro Eloy me chamou para um reunião de urgência no aeroporto. Saí de casa correndo. No meio da reunião com ele e com outros ministros, olhei para os meus pés e me dei conta de que estava calçando um sapato preto e outro marrom.

Essas situações são muito minhas e se repetiram pela vida. Lembro-me de quando fui fazer um procedimento no Sírio, em Brasília, escutava no carro uma música do Willie

Nelson de que gostava muito. Quando entrei e me sentei na recepção para preencher as fichas – havia umas dez pessoas próximas –, ouvi a mesma música e pensei que era uma tremenda coincidência, e que no Sírio tocavam músicas maravilhosas. Toquei então, sem querer, no meu bolso e notei que era o celular que estava ligado, desde o carro. A música vinha de lá. Uma enfermeira que passava me disse: "você tem um bom gosto musical..."

O colégio interno em Nova Friburgo

Já falei sobre o colégio interno. Tratava-se do Colégio Nova Friburgo, da Fundação Getúlio Vargas.

Foi certamente o melhor colégio que já existiu no Brasil. Sua localização era privilegiada, em cima de um morro em Friburgo. Até hoje o prédio se destaca.

Guido, meu irmão, tinha entrado no internato com Márcio Braga, em uma das duas turmas abertas na inauguração do Colégio. Ele só aguentou um ano e, eu então, entrei em seu lugar. Era muito caro estudar lá e, além disso, cada aluno tinha de levar um baú com roupas pré-determinadas. Herdei o baú e muitas das roupas do Guido (aí vem o complexo do mais novo).

Atravessávamos a barca da Cantareira até Niterói. Márcio, que era mais velho, me levava. De quinze em quinze dias, fazíamos esse trajeto. Na época eu tinha 11 ou 12 anos.

O colégio tinha um ginásio de esporte dos mais modernos e um campo de futebol perfeito. Até o time do Brasil ficou treinando lá durante um tempo para a Copa do Mundo.

Dividiam os alunos em três bandeiras e três tamanhos para as olimpíadas anuais: a azul, a branca e a vermelha; maiores, médios e menores. Márcio era capitão da bandeira vermelha no basquete, e eu também, mas dos menores. Nesses anos que lá passamos fomos campeões de basquete. Eu também jogava futebol e praticava boxe.

No colégio, havia vários clubes: de imprensa, desenho, trabalhos manuais e outros, e cada matéria tinha uma sala específica. Havia aula de agricultura, cada aluno tinha um pedaço de terra para plantar. Enfim, era algo de outro mundo.

Foram ótimas lembranças, convívio com pessoas maravilhosas e um aprendizado para o crescimento, que se fazia tão difícil.

Minha eleição para ministro do TSE

É interessante como cheguei quase a ser tudo... Ser ministro do Tribunal Superior Eleitoral na vaga de advogado vale a pena porque se pode continuar a advogar, é importante para o currículo e é um cargo temporário. Para isso, é necessário que o Supremo Tribunal Federal lhe considere um advogado de alto saber jurídico e o insira em uma lista tríplice, da qual o presidente escolherá o futuro ministro. Estive na lista tríplice do Supremo Tribunal Federal quatro vezes, eleito por composições diferentes de ministros, em diferentes mandatos presidenciais.

A composição do STF sempre entendeu que eu seria um bom ministro no Tribunal Eleitoral, mas os presidentes da República não entenderam assim, ou melhor, eu não os conhecia nem tinha parente que os conhecesse, sendo politicamente um zero à esquerda, melhor dizendo, nada.

Mas houve, nessa história, um episódio muito engraçado e curioso que faço questão de lembrar aqui. Havia em Brasília um sujeito riquíssimo, chamado Sérgio Naya, lembrado até hoje por causa de um edifício que ele construiu na Barra da Tijuca, no Rio de Janeiro, e desmoronou.

O Sérgio era dono de uma mina de ouro, fazendas e construtora e tinha muitas amizades no governo militar. Ele gostava muito de mim, que atuei como seu advogado em um processo. Bebendo uma noite no Piantella, ele soube que eu estava em uma lista tríplice para ministro do Eleitoral. Passou então em meu escritório no outro dia e disse que ia me levar ao ministro da Justiça para que eu fosse nomeado. Seguimos até o Ministério e entramos no elevador particular do ministro. Então ele gritou dentro do gabinete: – Ministro, quero falar com o amigo!

O ministro, que "gostava muito dele", mandou quem estava no gabinete para fora e nos recebeu em uma mesa enorme. Então o Sérgio disse que eu estava na lista tríplice e queria que ele me nomeasse. Imediatamente, o ministro pediu ao secretário um papel que já estava pronto e nele inseriu meu nome como o escolhido, faltando apenas a assinatura do presidente. Na saída, perguntou apenas pela "sua casa", o que não entendi.

À noite, fomos ao Piantella para comemorar a nomeação. Entretanto, no dia seguinte, soube que o papel do ministro foi rasgado e que o presidente nomeou outro da lista porque um parente seu, muito amigo, sabendo da minha possível nomeação, teria ido ao Palácio à noite e pedido que seu afilhado fosse nomeado.

E, assim, fui ministro do Tribunal Superior Eleitoral por uma noite e cinco whiskies no Piantella.

Da terceirização

Atualmente, no mundo inteiro, as empresas não se organizam de forma vertical, mas horizontal, tendo em vista a especialização, a globalização e a forma de trabalho que muito se diferencia do Brasil de 1943, quando foi elaborada a Consolidação das Leis do Trabalho.

Entretanto os tribunais trabalhistas, e em especial o Tribunal Superior do Trabalho, não admitiam a terceirização no Brasil, por ser uma espécie de contrato triangular, e não entre a figura do empregado e empregador, o que transformava o trabalho em fraude nas contratações.

Durante anos, assim, desde 1975, o Tribunal Superior do Trabalho começou a proibir a terceirização nas atividades-fim, ou seja, naquelas em que caracterizam o trabalho essencial da empresa, e liberar nas atividades-meio, como limpeza, segurança e outras.

O Tribunal não aceitava que a terceirização fosse necessária pela especialização e não pela atividade exercida e, assim, por mais de vinte anos, a jurisprudência trabalhista proibiu no país a terceirização na atividade-fim, dificultando o crescimento, o emprego de milhares de trabalhadores e o desenvolvimento horizontal das empresas. Isso já se constituía uma realidade em quase todos os países.

Mas, na verdade, não havia uma lei proibindo essa terceirização, apenas uma Súmula criada pelo Tribunal Superior do Trabalho. A Constituição sempre garantiu a liberdade de profissão, e o Código Civil, o contrato de prestação de serviços.

Pensando muito sobre essa inviabilidade inconstitucional do Tribunal Superior do Trabalho, comecei a trabalhar na tese, especialmente para empresas de telecomunicações, minhas clientes, defendendo o princípio constitucional do livre trabalho e livre contratação, até que, após dezenas de anos, consegui um despacho favorável no Supremo Tribunal Federal, tendo sido admitido um recurso extraordinário do meu escritório e outros dois de escritórios diversos.

Pois bem, em agosto de 2018, após sustentações orais, ganhamos, com repercussão geral, o direito à terceirização no país em todas as atividades e a inconstitucionalidade da Súmula do TST que proibia a realização dessa terceirização nas atividades-fim. Em decorrência dessa decisão, com repercussão geral, abriu-se o mercado, criaram-se e foram mantidos milhares de empregos, e obtive êxito em mais de vinte mil processos que estavam suspensos aguardando a decisão da Suprema Corte.

As empresas de telecomunicações para as quais trabalhei e que não acreditavam que eu iria mudar o panorama jurídico, ganharam e estão ganhando, todos os dias, milhares de processos que estavam perdidos, bilhões de reais, e eu, que também não acreditava muito em mim, o que ganhei mesmo foi aquela fama que dura alguns dias, porque meus contratos eram e continuam sendo iguais, com um valor de não grande relevo, pago mensalmente.

Quem mandou não acreditar em mim e não cobrar um percentual por êxito?

Mas acho que foi uma grande vitória.

Da comissão sobre a elaboração de uma nova CLT

Ao mesmo tempo em que advogava, fui nomeado, em 1970, assessor especial do Arnaldo Prieto, ministro do Trabalho e, durante esse período, o presidente Geisel pediu que fosse elaborado um novo projeto para a CLT, que era de 1943.

Foi indicado para presidir a Comissão o ministro Arnaldo Sussekind, que participou da elaboração da primeira Consolidação. Como membros, atuaram os ministro Toste Malta, o procurador-geral Prates de Macedo, que posteriormente foi ministro do TST, Carlos Chiarelli, que era secretário de Relações do Trabalho, Edmo Lima de Marca, que coordenava o FGTS, Julio Cezar Prado Leite, consultor jurídico do Ministério, o advogado Hugo Gueiros e eu, como secretário-geral.

Durante os anos de 1970 a 1975, fizemos reuniões quase que quinzenais, no Rio de Janeiro e em Brasília, e foram elaborados e votados mais de 920 artigos.

Sussekind era um craque, conhecia direito do trabalho como ninguém, e, após as discussões, ele já apresentava a redação de cada artigo de forma completa.

Foi uma experiência notável e que resultou em um texto trabalhista dos mais avançados. Levado ao presidente Geisel, ele considerou-o muito bom, mas achou que, sendo o Congresso composto de representantes de empregados e empregadores, a votação de um texto integral iria demorar anos sem que houvesse uma definição.

Preferiu, então, enviar alguns capítulos da nova CLT para que fossem votados separadamente, e assim foi feito. Foram aprovados no Congresso, entre outros, os títulos referentes a férias, à segurança e à higiene do trabalho, e diversos artigos decididos individualmente.

Sussekind era um jurista excepcional. Foi procurador do Trabalho quando então foi nomeado para compor a comissão que elaborou a CLT de 1943. Atuou como ministro do Trabalho no governo Castelo Branco, elaborando a Lei de Greve, entre outras. Aposentou-se no Tribunal Superior do Trabalho e continuou sua atuação trabalhista como advogado – advogamos juntos em vários processos relevantes.

Atualmente, o Tribunal Superior do Trabalho deu ao seu principal auditório o nome de Arnaldo Sussekind.

Uma comissão relevante da qual fui presidente

Em determinada época no Brasil, começou a faltar combustível, e o governo resolveu criar uma comissão para reduzir o gasto no país.

Foi criada então uma comissão para economizar combustível no país, presidida pelo ministro Mozart Victor Russomano, e composta por mais três membros, entre os quais eu estava incluído.

Os trabalhos eram interessantes porque tínhamos de estudar como cortar os gastos, especialmente em relação à gasolina, a fim de que não se elevasse mais o preço e o Brasil mantivesse um estoque até que a crise fosse debelada.

Russomano, que foi o jurista mais brilhante que conheci, presidiu a Comissão por algum tempo, mas tendo em vista suas funções no Tribunal Superior do Trabalho, passou para mim a presidência da referida Comissão.

Lembro que resolvemos, durante o curto período de economia, mudar o horário de trabalho dos servidores públicos, para seis horas contínuas, acabando com a necessidade de intervalo para almoço e o retorno ao serviço.

Também estabelecemos horário de verão, com menor gasto de combustível nas indústrias, além de outras medidas que efetivamente deram certo, e conseguimos ultrapassar as dificuldades sem grandes prejuízos.

Mas o melhor de tudo para mim foi substituir na presidência o ministro Russomano, que sempre considerei o maior jurista na área do trabalho e um fantástico orador.

Russomano teve em seu filho, também Mozart Victor Russomano, um dos melhores advogados trabalhistas junto ao Tribunal Superior do Trabalho. Ele faleceu cedo, e certamente, se aqui continuasse, seria ministro igual ao pai.

A velhice e o STF

O que mais me impressiona na velhice é um a sensação muito parecida com a que vive o menor, ainda fora do contexto social.

Quando você não tem idade ainda para entrar em determinados filmes, teatros, cassinos, quando você ainda não pode viajar sozinho em razão da idade, sente que não está integrado na vida, ou melhor, que não há uma integração plena.

Então vem aquele sentimento no jovem de querer chegar aos 18 anos, depois aos 21, e ter a liberdade de aproveitar a vida como os demais seres que já alcançaram as idades em que serão plenos. Mas vejam, esse é um sentimento bom, é a perseguição da plenitude da vida que todos podem alcançar, e, se não houver nenhum contratempo, alcançarão.

Na velhice, porém, após determinada idade, começa a acontecer exatamente o contrário, ou seja, aquele que viveu no pleno contexto social da vida, começa a sentir, não por ele mesmo, mas pela sociedade, que não é mais igual aos demais, e passa a se sentir desintegrado por força, inclusive, da lei.

Sabe-se, e é notícia quase que diária, que a idade cronológica está aumentando e que nosso mundo, em pouco tempo, será um planeta composto mais de velhos do que de jovens, pois a idade agora é funcional.

Sabe-se também, que, biologicamente, em razão de tratamentos médicos, vitaminas e alimentação balanceada, muitos velhos tornam-se, com a idade, mais novos do que muitos novos.

A sexualidade, que parecia desaparecer a partir de determinada idade, com novos produtos e atividades físicas, os velhos são capazes de atuar sexualmente com uma libido de fazer inveja aos que ainda não envelheceram.

Entretanto insistem os legisladores em não acompanhar a evolução mundial sobre a idade. Agora mesmo assisti à posse de um novo presidente de Tribunal Superior que foi empossado, por votação unânime de seus pares, para substituir outro que alcançou 75 anos, mas com a saúde melhor do que aquele que tomou posse em seu lugar.

O que houve com o ministro que se aposentou? Deixou o cargo por vontade própria? Estava doente? Não, o ministro estava, talvez, em uma de suas melhores fases intelectuais, acrescida pelos anos de serviço ao magistério, mas ele alcançou a idade de 75 anos e, em decorrência dessa idade, cronológica, e não biológica, o legislador determinou que, a partir de seu aniversário, seria velho demais para continuar no cargo e o aposentou compulsoriamente.

Vejam, hoje um infrator de 17 anos, assassina três pessoas e vai tranquilo para a prisão provisória, pois não ficará preso, uma vez que a lei presume que não tem idade suficiente para responder por seu crime.

Um cidadão, com mais de 60 anos, não precisa votar, não entra em fila nos bancos nem nos aeroportos, tem estacionamento privativo nos locais públicos, é afastado do magistério compulsoriamente, como também de seu cargo de magistrado, tudo isso decorrente de normas que se baseavam nos anos 1950, em que a idade média de falecimento era 49 anos.

Ora, não estaríamos já em uma época em que poderiam os doentes e necessitados ser tratados da melhor forma, não por presunção legal, mas subjetivamente?

Ninguém, ao meu ver, pode presumir quais as restrições decorrentes da idade nos tempos em que vivemos. É claro que devemos proteger os doentes e os que necessitam de proteção, às vezes decorrentes da idade, às vezes em nada relacionada a ela.

É preciso, porém, acabar com a presunção nesses casos, pois o idoso é retirado do contexto social quando, muitas vezes, vive a idade em que melhor se entrosa, em que melhor pode atuar em favor da sociedade.

Tudo isso eu disse, e muito foi repetido, para contar um fato interessante que aconteceu comigo no Supremo Tribunal Federal.

Estava aguardando para sustentar um processo que seria o segundo a ser chamado após o lanche. Nesse intervalo, três advogados que atuariam no meu processo como *amicus curiae* vieram me perguntar se podiam requerer preferência em meu nome porque, pela idade, eu teria de ser chamado antes.

Pensei no momento sobre o pedido, ou seja, o presidente teria de me dar preferência porque, pela minha idade, não poderia aguardar o julgamento de um processo que estava na frente do meu. Então respondi-lhes: – Não, eu não autorizo, e sabem por quê? Ficaram eles sem graça me ouvindo. – É que faço cinquenta flexões e quatrocentas abdominais pela manhã. Algum de vocês faz também? Eles, meio rubros, foram se sentar e não se falou mais nisso.

Dos meus filhos

Creio que na vida a gente tem um propósito e o meu parece que foi o de criar os seis filhos, cada dois de mulheres diferentes, mas todos muito unidos por mim, e, sem dúvida, com a colaboração da Mônica.

A Adriana, mais velha, sempre foi linda, e quanto mais envelhece, fica mais bonita. É inteligente, lutadora, no sentido de luta mesmo, como também na luta pela vida. Conseguiu fazer uma família com Milton Guedes, o melhor saxofonista do Brasil, dando-me como netos a Raíssa, minha loura maravilhosa e brilhante artista da moda, e o Rudah, múltiplo de artista e engenheiro. Sempre foi a orientadora de todos e é alguém que quem conhece não pode deixar de amar, sentimento que tenho sempre.

A Adriana que hoje é doutora em letras e deve editar este livro, durante um tempo foi cantora e acho que tem uma das melhores vozes do Brasil.

Esse negócio de artista, não só no Brasil, mas também nos demais países, profissionalmente, é um lance dos mais complexos, porque além de ser muito bom, e às vezes nem se é, depende de patrocínio, de simpatia, de contato, família de profissionais, ou muito dinheiro, enfim, são muitas e muitas as dificuldades para se viver como artista.

Aliás, é uma profissão que nem mesmo pode ser muito bem regulamentada por lei, existe atualmente uma única legislação que trata da jornada de trabalho dos artistas, que nunca é obedecida, porque o horário muitas vezes depende de ensaios, do público e mesmo do próprio artista.

Não há, nessa profissão, uma regulamentação maior, porque se trata, ao meu ver, de profissões emocionais. Eu nem mesmo chamaria o artista exatamente de profissional.

E a Raíssa me deu o bisneto, Ravi, gênio de 14 anos e uma figura fabulosa.

Segue a Renata, linda morena, bailarina toda a vida, continua bailando hoje com suas mãos, para curar doentes com dores diversas. Trouxe-me a Nina, minha linda neta que parece mais uma gatinha. Acho que vai ser uma cantora ou bailarina de prestígio internacional.

O Bruno, quando era pequeno, escrevi uma poesia e nela falei que ele era "meu céu", o que matou de ciúmes a Adri e a Re. É um filho fantástico, que eu amo muito, que conhece o direito, me ajuda no escritório, casado com uma mulher maravilhosa que é a Vanessa, e com três filhos que são os melhores: Nícolas, João e Mel.

O Bruno se sai muito bem em todos os esportes que pratica. Jogou tênis desde criança, mas não chegou a ser campeão. Por isso, e também porque os meninos adoram, está formando dois campeões, o João e o Nícolas. A Mel será minha grande pintora, dando continuidade à minha carreira picassiana.

A Paulinha é minha loura linda e detalhista. Ela sempre foi muito amada por mim. Quando era pequena e morou um pouco afastada, durante mais de um ano, eu todos os dias fazia questão de levar para ela um vaso de flores. Ela é, na minha imagem, o meu jardim. Casou-se com o Rafael, que brilha na Advocacia Geral da União, e tem como filho o José, que é meu grande amigo, e a Maria, linda, de olhos azuis, que parece muito com a mãe.

O José teve dificuldades no parto, foi um dos maiores sustos que levei na vida. Mas foi muito bem cuidado pela mãe e pelo pai, com muito amor, e atualmente conseguiu superar todas as dificuldades que precisou vencer, daí seu nome José Vitório.

Falar da Manuela é falar de uma pessoa muito amorosa, ela é preciosa, séria no que faz, advogada, psicóloga, bailarina e uma filha maravilhosa, que se casou com um advogado que todos nós gostamos muito, que é o Bruno Frota. Ela deixou a advocacia e vai se dedicar à psicologia porque é carregada de sentimentos e de amor por todos, e também muito amada por mim.

E, finalmente, não porque está em último, mas porque é o mais novo, está o Pedro, meu amigo, companheiro de filmes, de saunas, de conversas, e alguém que, como os outros, amo demais. Inteligente, será um advogado brilhante. E do jeito que é sentimental, deverá casar em breve com alguém que seja linda por fora e por dentro, como ele.

Esses são meus filhos e meu propósito de vida.

Alguns generais do golpe de 1964

O primeiro presidente da ditadura militar foi Castelo Branco. Era um homem baixinho, cabeça chata e muito sério.

O que fez de melhor foi colocar o Arnaldo Sussekind como ministro do Trabalho, que elaborou a Lei de Greve e defendeu da melhor forma o direito dos trabalhadores, e criar o Ministério do Trabalho, que foi extinto pelo governo Bolsonaro.

Aliás, esse ministério nunca poderia ter sido extinto, tais as relevantes matérias que dele dependem, especialmente a fiscalização do trabalho escravo e a segurança e saúde do trabalho.

Imagino que haja aí um grande interesse empresarial em reduzir essas fiscalizações, mas o futuro dirá.

O presidente Castelo Branco morreu, bem depois de deixar a presidência, em desastre com o helicóptero no qual viajava.

Médici foi um presidente duro e que montou uma equipe eficiente na parte econômica, mas teve em seu governo muitas torturas e graves atuações contra esquerdistas, assim como imperou por muito tempo o terrorismo e o sequestro. Foi um governo complexo.

Lembro-me do Costa e Silva, meio gordinho, com cara de bonzinho, mas que usava uma linha duríssima contra o povo que não aceitava a ditadura. Foi ele que assinou o AI-5, ato que terminou por retirar da vida pública centena de políticos, ministros, bem como aterrorizar todos aqueles que lutavam contra a ditadura.

Uma noite fui convidado para um jantar no Palácio da Alvorada. Eram uns trinta casais de Brasília, e, em certo momento, Costa e Silva estava encostado no piano de calda com cara de bêbado. Eu e o Gilberto Amaral fomos conversar com ele, e então nos disse: – Não aguento mais, estou cansado dessa merda de ser presidente.

Ernesto Geisel foi o presidente que considero o mais inteligente e preparado de todos os militares. Conhecia todos os assuntos e não despachava nada sem desconhecer a matéria.

Iniciou a abertura, que foi complementada no governo Figueiredo, e não permitiu que generais a ele ligados fechassem mais a ditadura para que continuasse por maior tempo.

E falar do Figueiredo seria falar de uma figura militar quase folclórica, dizendo gostar mais dos cavalos do que dos homens. Era um sujeito grosseiro, não muito estudioso, cercado de alguns militares linha-dura, mas que conseguiu fazer a abertura ao país, mediante eleições indiretas, nas quais saiu como presidente Tancredo Neves. Aí já conhecemos a história da nova democracia, iniciada por Sarney após o falecimento do presidente Tancredo.

Das primeiras causas

Eu não tinha processo nenhum, mas queria iniciar meu escritório pessoal. Fui então conversar no Hotel Nacional, em 1967, com donos de várias lojas. Um deles tinha vendido um vestido que não tinha sido pago, porém não tinha comprovante para entrar na Justiça.

Então afirmei que com testemunhas ganharíamos a causa e ingressei com uma ação ordinária de cobrança, conseguindo um acordo e ganhando, na época, o que equivale hoje talvez a duzentos reais. Foi realmente minha primeira causa.

Daí, com meu amigo Fernando, gerente da Remington, comecei a cobrar máquinas de escrever compradas e não pagas. Entrei com mais de duzentas ações e fiz amizade com oficiais de Justiça que penhoravam os clientes devedores. Então comecei mesmo a ganhar alguns trocados.

Posteriormente, com Cláudio Pena e Ordélio Azevedo Sette, brilhantes advogados que tiveram enorme sucesso na carreira, comecei a ingressar com ações de médicos contra o Hospital Distrital, e passamos a receber bons honorários, especialmente quando eram ações plúrimas.

Quando o Tribunal Superior do Trabalho abriu em Brasília, acho que em 1972, o maior escritório de São Paulo estava procurando advogado para atuar em defesa de seus processos aqui no TST e, como era um escritório de grande prestígio, vários advogados ofereceram seus serviços, mediante pagamento mensal.

Fui então a São Paulo, procurei o dono do escritório que ocupava um andar inteiro no Centro e me ofereci para atuar em Brasília, mas de graça, durante dois anos.

Lógico que fui aceito e, assim, comecei a crescer em todo o Brasil, como advogado das maiores empresas do país, mas pedia dinheiro no final do mês aos Bancos a fim de pagar as despesas.

Passaram-se dois anos, fiz um ótimo serviço, os clientes começaram a aparecer e então eu comecei a cobrar, o que faço até hoje.

É assim que iniciei o escritório, mas não foi fácil.

É interessante recordar, porém, que, no início, durante alguns anos, todo o final de mês eu ia aos bancos pedir dinheiro emprestado para pagar os funcionários do escritório. Depois a coisa foi melhorando e, atualmente, ganhando grandes causas e aplicando bem, tenho ótimo padrão de vida e dou trabalho a muitos advogados. Sustentei com meu escritório centenas de famílias, todos os funcionários com planos de saúde, e ajudei, no que foi possível, principalmente os sem-teto, o que faço até hoje.

Como cheguei a ministro do Trabalho no imaginário

Estava eu enfrentando o dia a dia de minha advocacia, dando sequência à tramitação de milhares de processos, quando, no final do dia, recebo a visita de Ulisses Riedel e de Darmy Mendonça, este último, advogado de São Paulo e muito ligado ao sindicalista Magri.

Diz o Darmy que o Magri, embora fosse o líder sindical de escolha do Fernando Collor para dirigir o Ministério do Trabalho e Previdência, não poderia aceitar o cargo, pois queimaria seu papel de líder da CGT em poucos dias, além de atritar com o restante do sindicalismo no país .

Ele e o Ulisses entendiam que eu, como advogado do Magri e de inúmeros trabalhadores, além de ter trânsito total na área empresarial, pois advogo para centenas de empresas no país, tendo sido assessor de ministro do Trabalho por mais de dez anos, com dezesseis livros publicados na época e amigo do presidente, seria a pessoa ideal para assumir o Ministério no lugar do brilhante sindicalista.

Daí para passar à animação e à "campanha", foi um pulo rápido. Repentinamente me vi como um líder, o ministro que faltava para o Brasil.

Ulisses falou com a Leda Collor, e com várias outras pessoas de influência, líderes sindicais, como Lourenço da CONTEC, Calixto da CNTC, Orlando Coutinho, Joaquinzão, bem como Mandelli da FIERGS e Albano Franco da Confederaçao Nacional das Indústrias, complementaram a figuração, transformando-me em ministro, caso Chiarelli não fosse nomeado, pois este era o nome mais certo, antes do Magri .

Chiarelli então foi indicado como líder do Senado, representante do novo governo, e eu fiquei, propriamente, sozinho no páreo, faltando somente a aprovação do único que deveria realmente me convidar para o cargo – o próprio presidente.

Claro que meu imaginário já trabalhava na certeza da indicação, bem como os amigos. Falei com Chiarelli, e recebi aplausos de todos.

Disse-me o Marcelo Pimentel que soube que eu seria o ministro do Trabalho e que ele estava querendo se aposentar para ficar no meu escritório.

Estranhei, pois pensei que ele estava concorrendo para essa vaga, mas esclareceu-me que não, pois queria era advogar e se candidatar a deputado.

Dias depois, *O Globo* publica uma notícia na qual teria o ilustre ministro Marcelo convidado o Medeiros para jantar em seu apartamento, pleiteando o apoio do sindicalista para que fosse indicado ministro.

Lendo a nota, brinquei com ele com um bilhete no qual eu dizia que ficaria satisfeito se o meu sucessor no escritório ganhasse a concorrência para ministro, tendo havido dele um desmentido enorme sobre a notícia.

Mas em tudo isso, faltava a palavra do Magri, e, no final de janeiro, fui chamado para com ele almoçar em São Paulo.

Almoçamos no "Bixiga", eu, ele e o Darmy. Nesse almoço, após afirmar que ele não poderia nunca aceitar o Ministério do Trabalho e que teria sido convidado pelo Leopoldo Collor para ser o candidato do governo ao Estado de São Paulo, disse-me que eu teria seu apoio incondicional, e que sua palavra, como antigamente, valia como um contrato.

Como até um pombo cagou na minha roupa no centro de São Paulo nesse dia, o que equivale à mesma proporção de acertar na loteria, mas não a mesma sorte, considerei que já estava indicado pelo Magri, faltando somente o convite do presidente, que certamente não teria obstáculos, pois me conhecia e eu seria a solução natural para o cargo, agradando tanto a empregados como a empregadores.

A certeza da indicação aumentou quando o Magri, que não conhecia as leis, tinha somente o primário e um grande carisma, que o levou à liderança sindical, reforçou que não pretendia ser ministro. Collor teria de tomar medidas que iriam legalmente de encontro ao trabalhador, o que impossibilitaria a aceitação de um líder sindical no cargo de ministro. Acrescia a isso o fato de que Fernando Collor iria juntar o Ministério do Trabalho ao da Previdência, matéria sobre a qual o líder sindical não tinha o menor conhecimento.

Bom, pensei, estou nomeado para o Ministério do Trabalho. Só faltava equacionar a continuidade de meu escritório para mantê-lo quando voltasse, pois atualmente trata-se de um dos maiores do país, trabalho de mais de vinte anos durante dez horas diárias.

Tudo feito, no dia 13 de fevereiro, o presidente retorna de sua viagem ao exterior e, nesse mesmo dia, recebo uma visita, cedo, do Orlando Coutinho, falando em nome de Magri:

"Olha, Maciel, o Magri sente muito, mas o Fernando mandou buscá-lo de jatinho em São Paulo, para convidá-lo a ser ministro e ele não soube negar o convite.

Pediu para que você trabalhe com ele, ajudando-o no Ministério"

Evidentemente, informei ao Coutinho que não tinha problema nenhum quanto à aceitação do Magri, que o presidente só iria ganhar, mas que eu não poderia aceitar o trabalho tendo em vista meu impedimento na advocacia e que desejava boa sorte ao indicado cuja indicação, efetivamente, se deu publicamente nesse mesmo dia à tarde.

Assistindo ao Magri ser indicado no jornal da noite na televisão, sua pose, toda a confiança nele depositada pelo presidente, sua figura de efetivo líder sindical, fiquei imaginando que realmente não passava de um templário daqueles criados por Umberto Eco, acreditando no que não existe, criando um mundo à parte, vivendo como um fantástico ministro inexistente, sem ver o lado verdadeiro da vida, o real valor das pessoas e do que falam, o apoio incondicional, a palavra que vale por um contrato, os homens como eles são.

Assim, em 15.2.1990, perdi um Ministério, mas, como tudo que acontece comigo, aconteceu porque era favorável a mim.

O coitado do Magri acabou denunciado por ter desviado, dizem, na época, R$40.000,00. Nosso presidente Collor acabou sofrendo impeachment e caiu fora da presidência. Vejam que Fátima sempre me acompanha.

Alguma decisões bizarras que acompanhei na minha vida de advogado

Bizarro é um adjetivo que significa o que é estranho, grotesco ou incomum.

O conteúdo da palavra é enorme e nele se incluem eventos ufológicos, acidentes e tragédias, anomalias, fatos chocantes, bem como curiosidades e decisões de autoridades que fujam da normalidade.

Aqui pretendo mostrar algumas decisões judiciais na área trabalhista que refletem pedidos bizarros e que, em consequência, são decididas de forma também estranha, e decisões ainda mais curiosas do que os pedidos.

Estamos em uma época de tanta angústia e tristeza com o que acontece nos poderes da República que resolvi buscar, na minha coletânea de jurisprudência, decisões que possam, pelo menos, distrair os estudiosos das questões trabalhistas enquanto aguardamos que uma nova época surja, o que acontecerá, pois os acontecimentos no Brasil são cíclicos.

É importante lembrar que, na Justiça do Trabalho, o empregado não pagava custas nem honorários e podia, inclusive, reclamar sem advogado ou através de seu sindicato sem pagar nada. Sendo assim, em muitos casos, surgem teses das mais esdrúxulas, para que o empregado receba algum direito dentre os inúmeros pedidos feitos, o que quase sempre acontece.

Decisões bizarras não são apanágios da Justiça do Trabalho, elas aparecem em todos os tribunais do país, pois todos nós temos, dentro de nós, um pouco de bizarrice.

Apenas para aguçar a mente dos leitores, lembro-me de um caso que li em que um condenado a 20 anos de prisão por assassinato processou Deus, alegando que, quando foi batizado, Deus prometeu protegê-lo do Diabo. Como seu crime foi obra do demônio, Deus não teria cumprido com sua parte no contrato. O juiz considerou-se incompetente em razão das partes e a ação foi extinta.

Nos Estados Unidos, existe o prêmio Stella – Stella Awards – conferido anualmente aos casos mais bizarros de processos judiciais.

Esse prêmio teve origem em um processo de 1992 no qual Stella Liebeck, de 79 anos, processou o McDonald's porque se queimou ao abrir um copinho de McCafé. Ganhou dois milhões e oitocentos mil dólares porque seus advogados provaram que a lanchonete serviu o café pelando, a 70°C, temperatura considerada alta demais para o consumo do produto.

Mas vamos aos nossos processos que entendo mais bizarros e suas decisões:

1. FLATULÊNCIA

O Tribunal Regional do Trabalho da 2ª Região (São Paulo) julgou, em 2007, processo em que uma empresa havia punido disciplinarmente uma funcionária por conta de flatulência no local de trabalho.

O Tribunal considerou abusiva a punição à trabalhadora, dizendo o relator, desembargador na 4ª Turma, que a flatulência é um ato que independe da vontade da pessoa e, por isso, não pode ter reflexos sobre o contrato de trabalho:

> *"A eliminação involuntária, conquanto possa gerar constrangimentos e, até mesmo,piadas e brincadeiras, não há de ter reflexo para a vida contratual. Desse modo, não tem como presumir má-fé por parte da empregada, quanto ao ocorrido, restando insubsistente, por injusta e abusiva a advertência pespegada, e bem assim, a justa causa que lhe sobreveio". E completou o relator: "o organismo tem que expelir os flatos, e é de experiência comum a todos que, nem sempre pode haver controle da pessoa sobre tais emanações."*

Mas o eminente desembargador fez em seu voto uma ressalva:

"Em algumas hipóteses, flatos barulhentos e intencionais podem ensejar em uma justa causa. Sua propulsão só pode ser debitada aos responsáveis quando comprovadamente provocada, ultrapassando, assim, o limite do razoável. A imposição deliberada aos circunstantes, dos ardores da flora intestinal, pode configurar, no limite, incontinência de conduta, passível de punição pelo empregador".

Resumindo, parece-me que o Tribunal entendeu que flatulência silenciosa pode, mas barulhenta, não... Alguns comentários na época lembram a Lei do Ventre Livre para absolver a executora dos flatos.

2. BANHEIRO PARA O GARI

Como sabemos, gari é aquele que trabalha na coleta do lixo e, no caso em exame, o empregado, quando se afastava muito da sede, poderia usar os banheiros públicos, como acontece nesse tipo de serviço. O gari que trabalha, por exemplo, em caminhão da empresa de coleta de lixo, tem reclamado, pretendendo que tenha banheiro no próprio caminhão.

No recurso de revista 374-2012.5.03.0081, a Sétima Turma do Tribunal Superior do Trabalho, seguindo o voto do relator, entendeu que cabia a indenização por dano moral, pois havia um descaso do empregador com a saúde de seus empregados quando não fornecia instalações sanitárias para satisfação das necessidades fisiológicas, o que, na realidade, é uma verdade.

Ressaltou o insigne relator que o descumprimento culposo do dever de proporcionar ao trabalhador um ambiente saudável e higiênico não pode ser tolerado pelo poder judiciário, e que não cabe à justiça determinar como será resolvida a questão do sanitário móvel.

Na prática, se o gari limpa o espaço público, cabe ao Estado construir banheiros públicos nesses espaços, pois a empresa, mesmo que quisesse, estaria impedida de construir um banheiro na rua, ou nas calçadas, para que seus garis fizessem suas necessidades.

Nem sempre o banheiro acompanha o labor, sendo que, em algumas hipóteses, o empregado tem de usar o que existe na cidade para conseguir realizar suas necessidades, ou entrar em bares e lojas comerciais para fazê-las, e talvez deva o Estado obrigar esses estabelecimentos a facultar o uso de seus banheiros para tais trabalhadores.

Condenar em dano moral à empresa que emprega garis por não ter feito banheiros nas ruas e dizer que o tribunal não sabe qual seria o meio adequado de resolver o problema não me parece a melhor solução.

3. INDENIZAÇÃO DOS SAPATOS PRETOS

Em complemento ao uniforme que a empresa concedia, ela exigia o uso de sapato social, preto, e não ressarcia a despesa de tal sapato ao empregado.

O reclamante pediu então o ressarcimento de despesas na compra de aproximadamente dois pares de sapatos sociais por ano, em razão do tempo trabalhado, o equivalente a dez pares no total.

O Tribunal Regional do Trabalho do Rio Grande do Sul, 4ª Região, considerou que não era relevante que os sapatos fossem pretos ou de qualquer cor específica, e que não poderia ser exigido um tipo especial, portanto o empregado não poderia ter seu salário comprometido com a compra de determinado modelo de sapato, se não desejar usá-lo.

O Tribunal disse que o profissional comprovou seu prejuízo por meio de prova testemunhal, e acrescentou que o valor de R$120,00 atenderia à vida útil de um sapato utilizado todos os dias para o trabalho.

A empresa, no processo RR 20353-37.2014.5.04.0001, argumentou no Tribunal Superior do Trabalho que não foi comprovada a exigência de tipo específico de sapato como parte do uniforme, não sendo devida, portanto, a indenização, mas o relator, na Terceira Turma, entendeu que ficou demonstrada a oneração do trabalhador em favor da empregadora, sendo devida a indenização.

Não sei quanto custa um processo, da Vara do Trabalho ao TST, usando das Secretarias de dois tribunais e da Vara, do tempo de estudo dos magistrados, diretores de secretarias e funcionários, papel, computador e anos de trabalho e estudo da mais alta figura do poder judiciário trabalhista, mas certamente seria preferível que a Justiça, antes mesmo de dar andamento ao processo, pagasse os pares de sapatos pretos do reclamante, economizando para o Brasil o prejuízo que teve com esse processo.

4. CALOTE NA UMBANDA

No Amapá, a Vara do Trabalho de Macapá deu ganho de causa a um prestador de serviço, considerado empregado, determinando que a ele fosse paga a indenização de R$5.000,00.

O reclamante prestou serviços de umbanda para uma rede de frigoríficos, mas tomou calote dos donos que não lhe pagaram o devido.

Disse a proprietária da empresa que o trabalho realizado não surtiu efeito, certamente não tirando do ambiente os maus fluidos, razão pela qual o reclamante não pagou, daí a condenação.

Parece-me que esse prestador de serviços, para ser considerado como empregado na Justiça do Trabalho, deve ter comprovado pelo menos uma habitualidade na prestação de serviços de duas ou três vezes por semana, pois, caso contrário, a Justiça trabalhista não seria competente para apreciar seu pedido.

O processo foi julgado pela 3ª Vara do Trabalho de Macapá e o trabalho de umbanda não deve ter dado certo mesmo, pois a reclamada perdeu até mesmo na Justiça do Trabalho.

5. INDENIZAÇÃO POR FIMOSE

Essa aconteceu em Goiânia, na 8ª Vara do Trabalho. O empregado pediu indenização à empresa em que trabalhava por ter sido acometido de hérnia, doença que se agravou pelo peso que o funcionário carregava diariamente no trabalho.

O juiz rejeitou o pedido, visto ser "evidente que o funcionário não estava com nenhuma doença relacionada ao trabalho, doença ocupacional", e completou na sentença: "Impossível alegar que o problema no membro atingido pudesse provocar perda ou redução da capacidade para o trabalho, já que 'o dito cujo' não deve ser usado no ambiente de trabalho".

É certo que a fimose não deu ganho de causa ao reclamante, mas não tenho dúvida que com essa reclamação ele ficou famoso!!!!

6. FAVORES SEXUAIS

Determinado empregador foi condenado em R$35.000,00 por dano moral decorrente de atuação de um de seus gerentes.

Uma ex-empregada ouviu de seu gerente a ordem de que deveria cumprir as metas do empregador, mesmo se necessária a troca de favores sexuais.

Segundo a vítima, vários outros empregados também sofreram pressões para o cumprimento de metas. Em uma das reuniões, narrou a reclamante, o gerente teria utilizado palavras de baixo calão para insinuar que as metas deveriam ser cumpridas de qualquer forma, ainda que em troca de favores sexuais. A situação constrangeu a todos, e alguns colegas chegaram a chorar, envergonhados.

As testemunhas confirmaram a versão da empregada, e a empresa foi condenada ao pagamento de danos morais na primeira instância, decisão mantida pelo Tribunal Regional da 15ª Região que assim se expressou:

> *"O simples fato de exigir metas não configura o dano moral, porém, os termos utilizados pelo gerente regional configuram evidente excesso, pois foi explícito no sentido de que, caso necessário, poderiam os funcionários trocar favores sexuais para atingir as metas".*

A decisão foi mantida pelo Tribunal Superior do Trabalho, sendo que o relator entendeu que as instâncias ordinárias agiram em conformidade com a Constituição Federal, que em seu artigo 5°, inciso X, prevê a proteção à intimidade, à honra e à imagem das pessoas.

7. INSALUBRIDADE POR TROCAR FRALDAS

A monitora de uma creche no Rio Grande do Sul pediu na Justiça do Trabalho que lhe fosse pago adicional de insalubridade, porque, segundo ela, em seu trabalho, era preciso realizar atividades "insalubres", como trocar fraldas de bebês e ensinar crianças a usarem o vaso sanitário.

O pedido foi acolhido em primeiro e segundo graus, sob o argumento de que a atividade de monitora de creche equivale àquelas realizadas por trabalhadores em estabelecimento de saúde.

Em boa hora, o Tribunal Superior do Trabalho reverteu a decisão, negando o adicional de fralda suja, pois "o contato permanente com pacientes em isolamento por doenças infecto-contagiosas não se confunde com o trabalho realizado pela monitora de creche".

Imaginem se a jurisprudência for favorável à insalubridade nesses casos. Talvez as mães, separadas ou divorciadas, passassem a ingressar contra os maridos, na justiça comum, pedindo indenização pelos anos em que passaram trocando fraldas de seus filhos, o que seriam, ao meu ver, ações fraudulentas.

8. PRESCRIÇÃO AFASTADA VINTE ANOS APÓS A EXTINÇÃO DO CONTRATO DE TRABALHO

A sexta Turma do Tribunal Superior do Trabalho afastou a prescrição declarada em uma ação trabalhista ajuizada vinte anos após a extinção do contrato de trabalho, por um empregado de determinada empresa do Rio Grande do Sul, o qual pediu indenização por danos morais decorrentes de perda auditiva de origem ocupacional.

O empregado trabalhou na empresa entre 1961 e 1989 como auxiliar de operação até se aposentar, exposto a ruídos ambientais de alto nível dentro do espaço de trabalho, sem os devidos equipamentos de proteção.

Em 2011 foi diagnosticado com perda auditiva neurossensorial bilateral em grau moderado por meio de exame audiométrico, pedindo, então, indenização por danos morais.

A sentença afastou a prescrição total de dois anos após a extinção do contrato de trabalho, entendendo que o empregado só teve ciência inequívoca da doença em 2011, ou seja, 22 anos após a rescisão contratual.

O Tribunal Regional do Trabalho do Rio Grande do Sul reformou a sentença, considerando que na prescrição se inicia seu prazo quando da extinção do contrato de trabalho, extinguindo assim o processo, e considerou não ser razoável nem crível que o reclamante demorasse cerca de vinte anos para ter consciência de que sofria de perda auditiva.

O Tribunal Superior do Trabalho, porém, considerou que o marco inicial da prescrição é a data da ciência da extensão e dos resultados da lesão, criando um novo marco jurisprudencial. No voto da relatora, foi dito que "foge à razoabilidade fixar como regra geral a observância do marco prescricional coincidente com o término do contrato de trabalho."

No entendimento da relatora, quando não há indício de fraude na ação ajuizada muito tempo após a extinção do contrato de trabalho, deve-se presumir a boa-fé do empregado, conforme orienta os princípios gerais do direito. "O caso não é de contagem de prazo de prescrição civil, mas de prescrição trabalhista, não havendo prescrição a ser declarada", concluiu.

E assim, como vemos, abriu-se, escancarou-se a porta da Justiça do Trabalho para declarar o enterro da prescrição bienal.

Imaginem se a moda pega e o reclamante, após vinte anos da extinção do contrato de trabalho, descobre ter um câncer na perna e ingressa com uma reclamação por danos morais porque o médico informou que ele teve essa doença em razão de ter sentado errado durante toda a vida?! Para a contagem da prescrição, o prazo inicia-se quando ele soube do câncer?

9. AUXÍLIO SOLIDÃO

Esta decisão é muito interessante, e, parece-me, até psicológica e emocionalmente. A oitava Turma do Tribunal Superior do trabalho negou recurso de uma empresa e concedeu ao maquinista o adicional de 18% sobre o salário, a título de "auxílio-solidão". E, juridicamente, concedeu certo, porque se tratava de aplicação da isonomia e equiparação do que estava comprovado nas instâncias fáticas.

O curioso, para mim, é a parcela. Esta, também chamada de "acordo viagem maquinista", é concedida ao maquinista que conduz trens sozinho, sem a companhia do maquinista auxiliar, acumulando as duas funções.

Na reclamação trabalhista ajuizada contra a empresa, na 1ª Vara do Trabalho de Governador Valadares, o maquinista alegou que a empresa pagava auxílio-solidão a outros maquinistas que exerciam função idêntica.

O empregado perdeu em primeira instância, mas o Tribunal Regional de Minas Gerais condenou a empresa entendendo que tal parcela tem natureza salarial e que mesmo excluída do último acordo coletivo, teria de ser mantida por força da Súmula 277, que garante os benefícios do acordo como integrantes do contrato de trabalho, e não podem mais ser retirados. Essa redação, aliás, foi suspensa atualmente pelo Supremo Tribunal Federal.

O Tribunal Superior do Trabalho, entretanto, não conheceu do recurso de revista, mantendo o auxílio-solidão.

Imagino o maquinista conduzindo o trem com inúmeros vagões e não tendo ninguém para conversar. Que solidão! Mas acho que essa solidão talvez o ajude a não sair dos trilhos por causa de alguma conversa com o auxiliar, solidão que me parece melhor do que a desatenção e o consequente desastre.

Mas o mais curioso de tudo isso é que a solidão vale 18% do salário!!!

10. IMITAÇÃO DE GALINHA

Uma loja de vestuário teve de indenizar em R$15.000,00 a vendedora que alegou ter sido obrigada a imitar uma galinha, cacarejando e batendo asas, como represália pelo descumprimento de uma meta.

Isso aconteceu no Rio Grande do Sul, em Alegrete, a 490 km de Porto Alegre. A reclamante disse que a gerente dividia os vendedores em dois grupos e estabelecia prendas para a equipe que vendesse menos em determinado período.

A 3ª Turma do Tribunal Regional da 4ª Região confirmou a sentença da Vara de Trabalho de Alegrete, reduzindo a indenização de R$40.000,00 para R$15.000,00.

A reclamante afirmou que, em certas prendas, os homens tinham que se vestir de mulher e vice-versa, e que o gerente fazia comentários depreciativos diante dos outros colegas, até na presença de clientes.

O absurdo era tão grande que os vendedores tinham de usar pulseiras, rosa para os homens e lilás para as mulheres, as quais não podiam ser retiradas até que o empregado atingisse o valor diário de R$3.000,00 em vendas.

Assim, a reclamante tinha de imitar galinha, cacarejar e bater asas para, dessa forma, manter seu emprego de vendedora.

É inacreditável que em um país como o nosso, no século XXI, existam situações em que empregadores atuem de forma pior do que na época da escravidão, daí a necessária intervenção do Poder Judiciário Trabalhista, que, se leva a fama de protetor do hipossuficiente, é respaldado pela mentalidade que existe ainda em determinadas empresas.

Cito apenas essas dez decisões, no meu entender, bizarras, não em razão do que foi decidido, mas dos pedidos feitos, pois o magistrado tem de decidir o que lhe for colocado no processo.

Minha primeira viagem de navio

Em 1962 fiz uma excursão para a Europa, de navio, a fim de conhecer mais de dez países, o que fiz de ônibus e, na época, foi muito interessante.

Eu tinha 22 anos, e o coordenador da excursão, meu amigo Maurício Toscano, era mais velho e conhecia tudo sobre a Europa. Além de nós, tinha mais uns três amigos e umas dez meninas, quase todos entre os 15 e 18 anos, a maioria de São Paulo.

Os nossos lugares eram os piores do navio, e ficamos todos bem amigos. A cabine era tão embaixo que quase ficava coberta de água, éramos quatro em dois beliches.

Íamos para a piscina e começávamos a beber cedo. Lembro que, numa dessas voltas ao quarto, combinamos de deixar um companheiro no corredor, sem roupa. Ele estava tirando a sunga para tomar banho e pedimos para que fosse ver na porta uma encomenda que teriam deixado. O sujeito era meio bobo e acreditou. Foi quando, então, o empurramos para o corredor e trancamos a porta. O resultado, embora engraçado, foi um pouco desgastante, porque ele gritava para abrir a porta e, no corredor, todos que estavam nas cabines, saíram para ver o que acontecia com aquele homem nu.

Outro fato interessante é que é um costume no navio, às 5h da manhã, quando chega a Gênova, os funcionários baterem nas cabines gritando: – Chegamos a Gênova. Isso para que os passageiros comecem a arrumar as malas e as coloque fora da cabine.

Eu e o Maurício fizemos o mesmo, só que um dia antes! Foi uma confusão total no navio, que não tinha chegado a Gênova ainda.

E para terminar, mais um acontecimento interessante. É que chegamos a Zurique e fomos todos para um restaurante de fondue. Colocaram os fogareiros na mesa e eu, desajeitado, fui mexer no fogo e acabei começando um incêndio que logo foi debelado.

Na volta, quando chegamos ao navio, o comandante nos chamou na cabine e perguntou se preferíamos voltar presos em uma sala ou se preferíamos não criar mais problemas. Claro que aceitei a segunda opção.

Estou escrevendo sobre essa viagem porque, daqui a quatro dias, irei a Roma, com as 22 pessoas da minha família, e de lá vamos fazer uma viagem de navio para que conheçam as ilhas gregas. Vou, assim, fazer o que gosto, que é viajar com todos os filhos, as filhas, os netos, as netas, o bisneto, a sogra e a minha mulher.

Dos meus livros de poesia

Escrevi três livros de poesias, mas cito aqui apenas umas poucas de que mais gostei. Dentre elas, a que li no casamento da Manuela:

O DIA DA MANUELA NA JANELA

Os pássaros, na janela, vêm acordar Manuela,
O jardineiro ouve pela janela, o acordar de Manuela.
O sol esquenta, clareia a janela, e assim acorda Manuela,
Levanta, toma café, entra no carro, e já pela janela não se vê Manuela.
Foi à aula, ficou vazio o quarto, vê-se pela janela, pois lá não está Manuela.
Chega o pai, procura na Janela, se já chegou Manuela,
No computador a Internet acusa, e o barulho sai pela janela, é ela, é Manuela.
A casa toda sorri, mãe, pai, Pedro, pois a janela informa ter chegado Manuela.
É noite, já tarde, barulho de televisão na janela, é a chegada do sono de Manuela;
Dorme, o quarto escuro, apenas uma janela, descansou o amor, descansou Manuela.

E assim terminou a poesia que agora continuo:

Manu cresceu e sua janela, a partir de hoje, ficará deserta,
Sua visão não será mais da casa, mas do infinito que é a vida.
Com setenta e seis anos, seis filhos, sete netos e um bisneto,
Meu ego pensa que todos são meus, que esta é a estrada certa,
Sem querer lembrar que os filhos são do mundo nessa passagem corrida.

Mas a Manu, advogada e quase médica, ou seja lá o que for,
Traz em si as raízes de sua mãe, por quem é apaixonada.
Sendo a principal característica a predominância do amor
O que transforma esse casamento na sua formatura esperada.

Quanto ao Bruno, é o filho que qualquer pai gostaria de ter
E peço desculpas ao Tarso, que sei que é seu querido.
Mas não poderia mesmo eu pai dele ser
Pois o casamento entre irmãos é proibido.

Os encontros na vida são propósitos do destino:
Há dezessete anos estive doente e saí ileso
É que tinha um encontro com todos os meninos
Nos anos futuros, em Búzios e Salvador,
E não queria por uma doença ficar preso.

Foram anos de Búzios e Salvador,
E tudo correu como eu queria
Agora um novo problema, ameaçador,
Mas tive que vencê-lo, pois não podia
Deixar de trazer a Manu ao altar
E rapidamente venci esse outro obstáculo
E estou aqui, falando, nesse espetáculo,
Que é o casamento à beira-mar.

Um filósofo disse que na Terra, nossa direção
É despertar o amor inegável,
Esta seria nossa essência, nossa função.
Assim como o perfume, da rosa é inseparável
E o objetivo do sol é aquecer e iluminar,
O propósito de vocês, para sempre, é amar, amar, amar.
Em soneto clássico Camões dizia:

Mudam-se os tempos, mudam-se as vontades,
Muda-se o ser, muda-se a confiança;
Todo mundo é composto de mudança,
Tomando sempre novas qualidades.

E nesta mudança de vocês, este é o meu e o nosso desejo,
Também de Búzios, de Iemanjá, das ondas do mar.
A vocês dois eu almejo
Viver amando, amar e amar.

E sobre o difícil abandono:

ABANDONA TUDO E SEGUE-ME

Senhor, não abandono o colchão macio, meu travesseiro;
Café com leite e biscoito com geleia.
Não abandono, Senhor, bife à milanesa,
Devo continuar bebendo Marques De Riscal.

Desculpe-me, Senhor, mas não deixarei de apreciar as mulheres,
O dinheiro, e o poder que ele traz.
Continuarei a me vestir no Armani
E a viajar, viajar, viajar.

Perdão, Senhor, mas se devo abandonar tudo isso,
Prefiro, Senhor, fazer uma pausa entre nós, enquanto vivo.
Depois conversamos.

E mais uma que considero muito:

ÔNIBUS

Queria fazer uma poesia sobre o ônibus.
Sua deselegância, seu tamanho desproporcional,
Seu complexo de superioridade, demonstrado de forma frontal.
Queria falar de suas ultrapassagens e de seu motorista
Que parece grande, mas sempre é pequeno e egoísta.
Queria dizer mais, muito mais, mas não posso
Porque não há nenhuma rima para ônibus.

Um julgamento sobre Deus e a relação de emprego, com o grande jurista Sobral Pinto

Deus deve andar muito preocupado com as seitas religiosas que pregam em Seu nome, mas que estão caracterizando o fiel como consumidor e a fé como um produto, tendo a Igreja como empregadora, e na figura do empregado, o pregador, o padre, o sacerdote, o pastor, o bispo e semelhantes.

Segundo estatísticas recentes, cresceu de forma acentuada no Brasil o número de reclamações trabalhistas contra as igrejas. Os pedidos são mais expressivos contra a Igreja Universal do Reino de Deus, e, em menor número, contra a Igreja Católica.

Não são novos esses tipos de processos, e lembro que, juntamente ao Dr. Sobral Pinto, faz muitos anos, sustentei um caso no TST, interposto por um padre, no qual fui vencedor na tese de que seu patrão era Deus. Admitindo-se que há trabalho, que é remunerado, e que o trabalho decorre de um produto – que é a fé – vendido pelo dízimo aos fiéis, quem o vende poderá ter uma certa subordinação, pessoalidade, obrigações (por exemplo o celibato, com seus horários rígidos), o dono do negócio, na outra ponta, seria Deus, e o salário certamente será pago com a entrada em Seu Reino.

Sobral Pinto estava preocupado com esses tipos de processos e com o número de igrejas e seitas crescendo, multiplicando-se o valor pago pelos fiéis nos cultos, verificando-se uma atuação direta, quase que um verdadeiro marketing, em favor deste ou daquele culto.

Em São Paulo, existem milhares de pastores evangélicos, muitos sindicalizados, atualmente formulando reivindicações, como registro da atividade em carteira de trabalho, gratificação natalina, férias, FGTS, além de piso salarial.

É mediante a capacidade e mesmo agressividade para atrair público que o pastor, verdadeiro empreendedor da Igreja Universal do Reino de Deus, bem como os *colporteurs*, (vendedores de artigos religiosos), angariam sucesso, explodindo o crescimento da Igreja, levando aos carentes o produto da fé.

Vejam o caso da Igreja Católica e seus padres cantores. Nada cobram diretamente, mas a vendagem dos discos, o trabalho despendido, a capacidade de encher de fiéis um Maracanã, certamente não dependem de milagres, nem mesmo da fé, mas de um carisma encontrado em poucos santos, o que certamente deixa preocupado o Nosso Senhor.

Imaginem se Deus fizesse uma aparição, terça-feira, dia da Padroeira do Brasil, em um grande Estádio, trazendo ao seu lado Moisés com a Lei das Doze Tábuas nos braços, e na mesma hora, começasse o padre Marcelo a cantar o "Vira". Para quem olhariam os fiéis?

É preciso que o Estado e os tribunais apreciem com maior cuidado essa relação pretensa de emprego que se forma paralelamente aos cultos.

A criação de sindicatos de pastores já é uma verdade. O valor do produto "fé", atualmente, ultrapassa qualquer outra grife de mercado.

É necessário que os tribunais brasileiros, e que o legislador, deem ciência aos padres, pastores, bispos, cardeais e outros membros das Igrejas que se consideram e atuam como empregados, há uma composição de interesses distintos entre o sacerdócio e o contrato de trabalho.

Os padres, pastores e outros assemelhados devem ser esclarecidos de que não podem cumprir seus deveres com Deus mediante um contrato de trabalho, pois a relação de emprego, no caso, é paradoxal.

Poderá haver até mesmo uma relação estatutária com a Igreja, mediante a qual os que por ela trabalham recebam para viver e para suas necessidades essenciais, porém falta uma legislação federal regulamentando a matéria, uma vez que transformar o pregador em empregado desvirtua os desígnios de Deus e enfraquece a fé dos homens.

Na verdade, não existe contrato de trabalho entre um pastor e sua igreja, pois, apesar da atividade intelectual e física, o traço de união que os une é a fé religiosa, decorrente da vocação, sem a conotação material que envolve o trabalhador comum.

Existem, é certo, possibilidades de que o pastor trabalhe para a igreja mediante relação de emprego, quando, por exemplo, der aulas em seus estabelecimentos, ou quando for contratado para atividades paralelas, mas não vinculadas diretamente à fé.

Creio, assim, que é mais do que necessária a regulamentação federal, trabalhista e eclesiástica, no que concerne às atividades dos que prestam serviços às igrejas, sob pena de termos milhares de reclamações, com decisões conflitantes em todo o país, conforme o culto e de acordo com o trabalho exercido pelo reclamante.

Há pastores que recebem automóvel, casas, despesas com viagens, verba mensal para si e para sua família, e que, no entanto, recebem tudo no sentido de angariar almas para sua igreja, e o fazem por amor e devoção à fé e não como se fossem empregado.

Que Deus abençoe a todos, e especialmente àqueles que dedicam suas vidas a levar esperanças e conforto aos mais necessitados, mas que seja feita a distinção necessária entre os que atuam em favor das religiões e os que as usam como se fossem funcionários, para, posteriormente, exigirem direitos trabalhistas, descaracterizando missão tão sublime.

Mas mais importante do que o processo, foi ter trabalhado no caso ao lado de Sobral Pinto, um dos maiores juristas brasileiros, defensor dos direitos humanos, especialmente durante a ditadura do Estado Novo e após o golpe de 1964.

Sobral Pinto faleceu em 1991, com 98 anos e já devia ter mais de noventa anos quando sustentou comigo, pela primeira vez, no Tribunal Superior do Trabalho. É que, muito católico, quis defender em conjunto nossa tese, da qual saímos vitoriosos.

Jogo de tênis com Tony Bennett

Tony Bennett ainda é um dos maiores cantores vivos e já o vi pessoalmente cantando em Nova York.

Estava eu em casa, no sábado pela manhã, quando o Paulo Fialho, meu amigo tenista, telefonou perguntando se eu queria jogar uma partida com o Tony.

Aquela intimidade, Tony, já me deixou com a certeza de que era uma brincadeira, mas como ele insistiu, e eu estava sem nada para fazer, peguei minha raquete e falei com a Mônica: – Vamos até o Iate que eu vou jogar uma partida com o Tony Bennett. Recebi, de troco, uma risada e mais a aceitação para dar um passeio até o clube.

Cheguei às quadras do Iate e lá estava o Paulinho. Caminhando em direção à quadra, com uma raquete na mão, vejo um sujeito muito parecido com o cantor, junto a uma mulher linda, loura, e ainda achei que era uma gozação qualquer.

Acontece que era mesmo o Tony Bennett. Tive o prazer de o receber na quadra, conversar com ele, e a Mônica, com sua mulher. Nessa conversa chegou também o Gilberto Amaral, que fez dupla comigo contra o Tony e o Paulinho.

Antes de começar o jogo, Gilberto entrevistou Bennett, e, entre as perguntas, disse: – Frank Sinatra falou que você é melhor cantor do que ele, o que você acha disso? Então Bennett respondeu: – O que o Frank sabe de música?

Jogamos duas partidas, e ele, com mais de oitenta anos, corria bem e se movimentava na quadra. As vitórias se revezavam entre um lado e outro. Enquanto isso, a Mônica conversava com sua esposa e perguntava sobre como comprar um quadro do Tony, alguns em exposição no museu em Nova York. Posteriormente, eu recebi de presente dela uma paisagem que o cantor pintou de Copacabana.

No dia seguinte, combinei com Tony e voltamos a jogar no Iate, uma partida individual que acabei ganhando, com direito a assinaturas na camisa e retratos.

Foram jogos inesquecíveis com uma das figuras que mais admirei na música e que jamais pensaria em estar junto e com tanta intimidade. Grande cantor, grande ser humano, grande felicidade a minha.

O Presidente do Supremo e a empregada doméstica

Estava no escritório elaborando um recurso quando a secretária foi à minha sala dizer que tinha um senhor idoso que queria conversar comigo sobre uma reclamação trabalhista de sua empregada.

Pedi que aguardasse porque estava redigindo uma peça. Depois de algum tempo, falei com ela para conduzi-lo à minha sala.

Quando aquele senhor entrou, eu já o conhecia e o Brasil também, disse-me que se chamava Rafael Mayer. Claro que já o admirava como presidente do Supremo Tribunal Federal, mas nunca imaginei que ele ficasse aguardando com a secretária, sem dizer quem era.

Começamos a conversar e ele, com a simpatia, a simplicidade e a elegância que sempre teve, disse que sua empregada doméstica tinha ingressado com uma reclamação trabalhista após ser afastada de sua residência, na qual pedia férias em dobro.

Fiquei surpreso porque o pedido era mínimo. Não valeria a discussão e a presença do presidente do STF em uma das Varas do Trabalho para discutir o valor da reclamação.

Mas Rafael Mayer me esclareceu: – Dr. Maciel, eu paguei as férias no prazo legal e tenho aqui os recibos. Não se trata de uma discussão sobre valores, mas sim sobre um direito, e entendo que não deva ser lesado em decorrência desse pedido.

Certamente o ministro tinha razão perante os documentos que me mostrou e senti que tinha mais razão ainda em se defender, mesmo de um valor ínfimo porque, na sua concepção, e deveria ser a concepção de todos, não está em discussão valores a serem pagos, mas o direito de um cidadão que não pode ser lesado, seja qual for esse valor.

Evidentemente, aceitei a causa e ganhamos, porque nada era devido. Porém, se o ministro ganhou o processo, ganhei muito mais porque recebi a lição de humildade, honestidade e a certeza de que se deve garantir o direito que temos, seja qual for, pois para isso existe a Justiça.

Foi uma aula de um grande mestre e um dos melhores presidentes que o Supremo Tribunal Federal já teve.

Frederico

Tenho um cachorro, golden retriever, chamado Frederico. Nós temos uma ligação muito grande, não só de afeto, mas, especialmente, de compreensão. Ele precisa muito que lhe cocem a cabeça e, durante quase todo o tempo, deita-se na minha perna para ser coçado, se,ndo interessante o fato de que, se eu não corresponder, ele puxa a minha mão até que seu desejo seja realizado.

Converso muito com ele, às vezes sobre coisas tristes e, muitas vezes sobre alegrias e fatos corriqueiros. Ele me olha, entende o que falo, e, sendo muito inteligente, apenas ouve. Me parece, às vezes, muito melhor do que conversar com certas pessoas, especialmente aquelas que acabam de lhe ouvir e dizem: – Ah, é verdade, mas comigo..., – e começam a contar fatos pessoais que não me interessam nem um pouco.

Pensando na doçura, amizade e inteligência do Frederico, até mesmo para não falar sobre minhas conversas, cheguei à conclusão de que o ser humano é o que há de pior nessa sequência de seres viventes, incluindos homens, animais, plantas e tudo que tem vida.

Exemplificando, qual o mal, ou inveja, ou crime, ou vingança, ou que atos de corrupção habitam os sentimentos do Frederico? Nada, ele quer apenas que lhe façam carinho.

Vejam, o cachorro, como outros animais e plantas, são seres bons, que não fazem mal a ninguém. O cachorro, especialmente, é companheiro, gosta das pessoas, trata bem todo o mundo e não tem maldade. As plantas, por exemplo, a rosa: qual o mal que faz a rosa, a não ser espetar quem quer maltratá-la? Ela está sempre cheirosa, com uma cor linda, enfeitando os lugares, jardins, casas, enfim, uma rosa é tudo de bom.

E o ser humano? Ele pode fazer o bem, e muitos fazem. Mas como tenho observado, há uma maioria de pessoas que só pensam em si, são egoístas, invejosas, ciumentas, vingativas, quase sempre praticando o mal.

Ontem, por exemplo, quando saí de um restaurante, segui atrás de um carro oficial de um alto funcionário do governo. Na esquina, na grama, dormiam, debaixo de uma árvore, uma mãe e duas crianças. Todos no carro oficial olharam, mas com aquele olhar de desprezo, de repugnância, e não como pessoas que pudessem socorrer os coitados, em nome do governo.

Vejam os políticos, o sujeito é nomeado ministro ou sei lá o quê; daí rouba sem qualquer pudor, mente até para o presidente da República e não sai do cargo, pois é uma capitania de seu partido.

No Poder Judiciário está nossa garantia, mas, ao assistir às sessões da Suprema Corte na televisão, e, ao invés de se sentir garantido, sente-se vergonha e até medo.

Os congressistas, na grande maioria, têm um preço por voto, e essa é a representação do povo, e o que é o povo senão o ser humano em sua coletividade?

Resolvi não ler mais o primeiro caderno dos jornais. Só leio a parte econômica e social. É que você abre o caderno, ou o site no computador, e aparecem todos os crimes e desastres que aconteceram ontem, em qualquer parte do mundo, além de sempre colocarem algum avião que caiu ou pousou de forma errada.

Ora, nunca vi colocarem uma notícia de que no mundo, naquele dia, voaram milhares de aviões e todos fizeram uma boa viagem. Nem que nasceram flores rosas nas árvores de Brasília, alguma coisa assim.

Não, é preciso mostrar sangue, como se as pessoas fossem todas sádicas. Será que são? É de concluir-se, assim, que o ser humano, realmente, talvez seja o pior dos seres viventes.

Quando chegar em casa hoje, vou mostrar ao Frederico o que escrevi sobre ele.

Passa por cima

Vou contar um caso de que me lembrei e que agora me parece engraçado. Acho que todos nós já tivemos essa experiência de ter alguém parado na frente do carro ou criando problema no trânsito e que quando você pede passagem, ele diz: – Passa por cima.

Pois comigo uma vez aconteceu quando eu ia para o trabalho no Edifício Seguradoras em Brasília. Próximo ao meu edifício tinha um outro em que ficava a Polícia Federal. Só tinha aquela rua para eu passar e o motorista de uma kombi da própria polícia estava com a porta aberta, conversando com outro policial e fechando a rua.

Falei, buzinei, pedi e o motorista ria sarcasticamente. No final, disse: – Passa por cima.

Não aguentei. Fiquei muito irritado e acelerei em cima da porta da kombi do policial quebrando-a e fazendo-o pular para dentro do carro.

Corri por dois quarteirões e estacionei, e aí, a uns cem metros, já tinha uns dez policiais correndo atrás de mim. Então gritei: – Podem vir, que eu quebro vocês!

Eles correram mais e eu também. Entrei no carro, disparei e passei alguns dias indo ao escritório de carona.

Foi uma loucura, mas uma louca satisfação.

Tio Nito e o julgamento nos tribunais

Tive um tio-avô, Nito, que me deixou lembranças poucas, mas curiosas. Conheci-o já velho e nunca me esqueci de quando contava da viagem que resolveu fazer a Londres, de cargueiro, na qual ficou três dias em um hotel, no porto. Como havia muito nevoeiro, a lembrança que trouxe de Londres foi a de uma nuvem. Não conheceu nada.

Achei a história dele muito bizarra e comecei a escrever um livro sobre outras histórias, inventadas por mim. Entre elas, gostaria de contar sobre aquela em que tio Nito insistiu comigo que queria conhecer os julgamentos nos tribunais do país.

Para matar sua curiosidade, fui com ele a diversos tribunais, desde a mais alta Corte, até tribunais locais, assistimos, durante horas, vários julgamentos, pois ele já estava velho e queria conhecer de perto o que já tinha visto pela televisão.

Nos primeiros comentários que fez, disse que existiam magistrados que se esforçavam tanto em dizer na língua latina frases complicadas e em falar sem que os outros entendessem, que acabavam sem capacidade mesmo de julgar as pessoas, fugindo da realidade dos fatos para o mundo das ideias e dos sonhos doutrinários.

Disse tio Nito: – Tanto é assim que as citações da doutrina são decorrentes de autores estrangeiros, franceses, alemães, ministros de Cortes americanas, doutrinadores russos, italianos, citações muitas vezes de escritos elaborados no início do século XX, como se estivessem comandando a doutrina neste século XXI.

A meu ver, falei para ele, um juiz deve conhecer as regras do direito, da jurisprudência, da doutrina sobre as teses que estão votando, mas muito mais, deve conhecer o ser humano e o sentimento do que é justo, porque o direito, certamente, é um sentimento nato, e mesmo o leigo sabe, no fundo de seu ser, o que é direito e o que não é.

Às vezes, o magistrado, em seu estudo, ultrapassa o raciocínio sobre o direito que está sendo discutido e não vê a realidade decorrente do litígio entre as partes. No colegiado, então, há, entre os ministros, uma necessidade de demonstrar maior conhecimento, a ponto de a celeridade e a própria solução da demanda em ser prejudicadas em consequência do volume de teoria estabelecida em cada voto.

Daí tio Nito replicou: – Imagino até mesmo uma discussão, no tribunal, sobre ser a bola de futebol redonda ou não, julgamento iniciado há cinco anos.

– O eminente relator dirá que, como a roda se originou na antiguidade, e a bola, por semelhança à roda, surgiu na Idade Média, e como era ela arredondada, de acordo com Norberto Bobbio e Canottilho, surgiu inicialmente como bola de meia, não tão côncava quanto a roda em si, mas parcialmente redonda, pois permitia àquele que usava o pé em favor de uma tramitação mais rápida, desse a ela uma celeridade não encontrada se quadrada ou com algum ângulo que afastasse a força da perna do jogador, embora toda ela redonda não seria.

– Já o revisor, disse Nito, pedindo vênia, diria não ser essa a origem da bola, porque os gregos, seguindo Sócrates, já consideravam que algo redondo não suspenderia sua rotação, a não ser que alguém, pessoa física – e aqui a origem do goleiro–, ou algo com força material, suspendesse essa trajetória.

A bola, assim, desde sua origem, seria redonda, como seguiram o revisor, os demais membros da Corte, pois jogaram futebol na juventude, e se não acertavam corretamente na baliza, não decorria esse erro da esfera bolística, mas sim a um defeito factual de seus pés que não tinham o devido acerto.

E, dessa forma, após três horas de discussão, foi quase confirmado, em ação declaratória, que a bola, em geral, deveria ser considerada como redonda, pedindo, porém, vista o ministro, ex-advogado, pois tinha dúvidas sobre se a bola, "bolam, bolae, bolas", teria esse significado, arredondado, desde os romanos, ou como efetivamente deveria ser, atualmente, em sua forma, independentemente do que é, pois há uma diferença cognitiva entre o "é" e o "deveria ser".

Foi então suspenso o julgamento até o retorno do pedido de vista, sem prazo cominatório para que retorne o julgamento.

Cheguei à conclusão de que tio Nito conhecia muito mais de direito do que eu.

Sinatra

É interessante ver que, no meio de um certo abandono que senti desde criança, criei figuras que me deram sustentação no meu pequeno mundo. A música teve muita influência nisso.

Desde que comecei a ouvir a nossa vitrola, um móvel grande na sala, colecionei long plays do Frank Sinatra, que me acompanhavam em todas as festas e mesmo nos momentos mais solitários.

Aprendi com ele o pouco de inglês que sabia, por força de querer traduzir as letras de centenas de músicas que conhecia. Minhas lembranças, as memórias da minha vida, são marcadas com discos – na época eram discos – que tocavam em cada momento específico.

Lembro até que nos motéis, que faziam parte dos nossos romances, tocavam-se os melhores momentos com Sinatra e um pouco com Roberto Carlos.

Por isso mesmo, até escrevi uma poesia:

Frank Sinatra foi para mim um pai
Sem saber, acompanhou minha vida, como ninguém,
Ainda era menino e "Come Fly with Me" me fazia imaginar
Que já era grande e dançava com alguém.

E eu crescia e nos finais de semana,
A figura do Sinatra me acompanhava
Com sua voz, com as letras que entendia,
Sem mesmo falar inglês, não precisava.
E em cada etapa do meu viver,
De trabalho, namoros, de mulheres que amei,
Estava Sinatra a dizer
Segue meu filho, my way.

Morreu depois de ter cumprido seu papel,
Pois até a velhice, onde estou,
foi meu amigo fiel.

O processo eletrônico na Justiça

A eletrônica mudou o mundo e ninguém mais consegue viver sem estar a ela conectado.

Faz pouco tempo, quando pretendi voltar de um voo de Atenas com minha mulher, tive a insatisfação de saber que, embora estivesse com as passagens compradas, e isso estava confirmado pela empresa, não poderia embarcar porque o funcionário digitou no final de nossas reservas um número errado e elas não estavam no sistema. Eu e minha mulher passamos a ser "dois números errados", o que me deu a ideia de que, no futuro, nosso nome pouco valerá, mas sim o número que teremos para fins eletrônicos.

Naquele momento, percebi que a pessoa, nos dias atuais, não é mais ela mesma, mas um número ou código devidamente anotado no computador, e se houver erro da máquina, não interessa que você seja você.

Estão transformando os processos na Justiça em processos eletrônicos, ou seja, a petição é enviada eletronicamente, e é contestada da mesma forma, os depoimentos e outras provas são convertidos em peças escaneadas para um arquivo virtual, e o magistrado, apreciando os autos eletrônicos, emite a sentença, da qual cabe recurso, também eletrônico.

O que se vê é que vale muito pouco a figura do advogado ou do juiz, porque o líder do processo atual é o programador.

São os formuladores da política de informatização do judiciário que possibilitam o encaminhamento do processo, quase que substituindo o Código de Processo Civil, que tem de se adaptar aos programas por eles instituídos.

Assim, a notificação virtual, embora ninguém ensine na faculdade, é disponibilizada no computador e o prazo corre no dia seguinte ao da disponibilização. Nas Varas do Trabalho, já totalmente informatizadas, o advogado comparece à audiência, mas entrega sua defesa eletronicamente horas antes, e os documentos são vistos no computador. Esse procedimento é inexistente na legislação processual, quer trabalhista, quer civil.

Se o advogado quiser substituir uma petição juntada com algum equívoco ainda no seu prazo de recurso, não poderá conversar com o diretor da secretaria ou com o próprio juiz, mas com o computador, que não lhe dará nenhuma resposta.

O contato físico do juiz com o advogado, ou com as partes, está desaparecendo. No futuro, a oralidade poderá não mais existir e as próprias defesas e sentenças, conforme a matéria, serão coladas de jurisprudências encontradas nos sites, ou doutrina existente no Google, o que terminará com as pesquisas doutrinárias e colocará um ponto-final nas bibliotecas e nos grandes juristas.

Se o servidor do Tribunal esquecer, ou falhar na juntada de uma folha, na qual conste o comprovante de custas ou do depósito judicial, ou se não juntar algum documento relevante, como se comprovará a existência do erro? Ninguém diz, mas a presunção é a de que o advogado não fiscalizou os autos. Como, porém, fiscalizar, se quem junta as peças não é mais o advogado, e, sim, servidores do próprio Tribunal?

E quando dobram, por exemplo, um comprovante das custas e o número principal não aparece, julgando então seu recurso deserto?

Os votos nos tribunais são enviados com antecedência para outros magistrados estudarem a matéria, mas na sessão já estão prontos, devidamente registrados no programa. Daí surge algo curioso. Dificilmente consegue-se alterar o voto do relator, mesmo que ele verifique que a tese que o advogado sustentou oralmente, contrária à dele, está correta.

Não se trata de má-fé, mas torna-se difícil alterar o voto na sessão sem que haja um funcionário que ajude o magistrado a deletar, colar, escrever novamente, enfim, praticar um esporte que ele nunca estudou na universidade, que é algo que hoje meu bisneto faz melhor que eu.

Há pouco tempo, quando ia para a tribuna sustentar um processo, eu ficava com ele ao lado e, se fosse demonstrar algum detalhe que se encontrava nas suas páginas, abria os autos e tinha facilidade em encontrar material de relevante utilidade naquele momento.

Hoje colocam na minha frente, na tribuna, um computador, com programa que desconheço, como se eu fosse um dos funcionários do CPD do escritório e tivesse facilidade de encontrar nos autos o que preciso naquele momento. Esquecem-se, os que implantam esse procedimento, que a faculdade que cursei foi de direito, nela não havia nenhum curso ou matéria sobre processos virtuais.

Li no jornal que, em recente julgamento, uma desembargadora que atuava como substituta na Turma do Tribunal não teve a possibilidade de votar, desempatando o julgamento, porque seu voto não entrava na máquina do magistrado titular, suspendendo-se, então, a sessão.

O presidente da Turma quis usar sua autoridade na corte, mas essa autoridade esvaiu-se diante do seu desconhecimento da implementação do programa eletrônico do chip da desembargadora substituta.

Será que o princípio da oralidade, a autoridade do juiz sobre o programa, o direito que o advogado tem de ingressar com uma ação em juízo sem ter computador ou conhecer seu uso–, será que o direito todo, em seu conjunto, não está sendo lesado nesse objetivo maluco de transformar tudo na vida em processo eletrônico, até o direito?

Quantos anos vivemos regidos por um Código Civil? Qual a tradição de nossos cartórios de notas? Como fica a secretaria judicial com seu diretor? Os memoriais e pareceres ainda serão lidos perante um processo que está todo inserido no computador, os magistrados saberão mesclar as razões do memorial com as páginas eletrônicas?

A aplicação total do processo eletrônico combina com o direito e com a justiça ou há uma dignidade no direito que corresponde à tradição que não deveria ser alterada em seu conteúdo básico? Alguém já parou para pensar sobre isso?

Será que nessa ânsia de viver cada vez mais rápido e de acelerar os processos judiciais, independentemente de um processo que sempre fez parte do direito – dar a cada um seu direito seguindo as regras tradicionais –, não se está acabando com a própria justiça?

Imagino, no futuro, computadores com programas que avaliem a inicial, defesas, provas e, em uma complexidade resolvida pela Apple, prolatem uma sentença, que o magistrado apenas ratificará com sua pena, como fazem atualmente os tabeliães nas escrituras redigidas por seus escreventes juramentados, que, aliás, não mais redigem porque também são elaboradas eletronicamente.

Nos tribunais colegiados, poderemos ter advogados sustentando virtualmente, desde seus escritórios, e nos lugares dos desembargadores ou de ministros, três, seis ou onze megacomputadores com capacidade de apreciação de teses que a eles já foram repassadas por seus usuários, decidindo por unanimidade, ou por maioria, conforme os programas e a ideologia neles inserida.

Mas vamos falar de eletrônica no direito, especialmente no direito do trabalho, fazendo a diferença entre direito instrumental e o mérito do que pretende quem ingressa na Justiça. Essa história da informática no direito, não sei por que, mas lembra meu trajeto para o colégio no bonde. Quando eu era pequeno, com uns 12 anos, ia para o Colégio Mallet Soares, no Posto 5, em Copacabana, Rio de Janeiro, de bonde, e pulava do estribo sempre com o bonde andando.

Muitos esperavam o condutor chegar perto para cobrar os R$0,30 da passagem e então pulavam na rua para não pagar a passagem, e logo voltavam ao estribo no final do bonde. O bonde andava devagar. A impressão que tenho é de que, se fosse hoje, eu entraria naquele bonde, mas ele correria tanto, não haveria mais estribo, não poderia ser aberto e eu chegaria, em segundos, no ponto do colégio, sem conhecer nem falar com ninguém. Os R$0,30 já estariam inseridos como pagamento por um programa vinculado ao da empresa proprietária dos bondes.

Não haveria mais o prazer de pular no estribo, de conversar com o condutor, de brincar com outros que estavam juntos no trajeto. O bonde, como a vida hoje, seria algo muito mais solitário, embora certamente pudessem aparecer figuras rindo e felizes, postadas no Instagram, em seus segundos de viagem.

Sim, essa história do bonde está acontecendo em todas as áreas de nossas vidas, e esse progresso, que não sei se é progresso, está transformando nosso dia a dia em *fakes,* pois parece que vivemos em um mundo de felicidades retratado no Face ou Instagram

Vejo milhares de pessoas que são minhas amigas nas redes sociais, vejo-as sempre sorridentes, alegres, viajando e me desejando feliz aniversário. Mas são pessoas que, na sua maioria, não conheço, e que dizem ser minhas amigas. Muitos ali acreditam realmente ter atualmente um enorme volume de amizades.

Mas acontece que são todos amigos virtuais, pois os poucos conhecidos que se tem, mesmo quando presentes, correm para o celular para não se sentirem só, pois quase não há mais diálogo diante desse mundo de felicidade que se apresenta a todo o momento.

Vejo em restaurantes casais que chegam para jantar. Ela liga o celular, ele também, e assim vão até o final da refeição, conversando com outro que não está presente. É um mundo muito estranho.

É nesse mesmo diapasão que estou percebendo o caminho da advocacia.

Lembro que quando iniciei o meu escritório, separava 15% dos honorários recebidos para comprar livros e estabelecer uma biblioteca. Tinha que ter a coleção da Lex, livros de jurisprudência, precisava estudar a doutrina e buscar nos livros a jurisprudência salvadora dos recursos, como se fazia, por exemplo, nos volumes de jurisprudência do acadêmico Lima Teixeira.

Lembro também que trazia processos dos tribunais, anotava em cada página os principais pontos a serem discutidos e verificava as provas que constavam em cada volume. Com o tempo, contratei diversos estagiários que atualizavam os clientes indo aos tribunais diariamente buscar a tramitação dos processos, bem como ajudavam nas pesquisas.

Com a globalização e a tecnologia da informação – matérias que não foram incluídas até hoje nas faculdades de direito no país nem em cursos preparatórios –, o advogado ingressa no mundo do direito com os mesmos conhecimentos que eu tenho, mas o mundo não é mais o mesmo.

Não há mais bibliotecas e as pesquisas são feitas por meios eletrônicos; os processos estão digitalizados e as notificações vêm através dos mais modernos meios de comunicação, inclusive pelo WhatsApp.

Dispensam-se os estagiários. Muitos estão elaborando petições mais simples e repetidas mediante robôs, com respostas de magistrados também da mesma forma. Pautas nos tribunais estão sendo elaboradas com julgamentos virtuais, e mesmo a apresentação de memoriais e audiências com os ministros é realizada alternativamente mediante meios eletrônicos.

Isso tudo evidencia que o advogado não pode ser mais aquele que se forma e usa de seu conhecimento jurídico.

É preciso efetivamente reinventar a advocacia, bem como seus terceirizados que são, na verdade, os magistrados, pois as partes apresentam a demanda, mas é um terceiro que dará a ela o resultado.

É curioso, porque sempre achei que nosso trabalho de advogado é concluído mediante terceirização, ou seja, por melhor que você faça uma petição, o resultado dela dependerá de um terceiro, que é o magistrado.

Todo esse progresso será favorável ao direito? Creio que a celeridade decorrente dos novos meios de comunicação, da internet, de toda essa parafernália eletrônica, em muito pode e está adiantando a atuação dos tribunais, os julgamentos e a prestação jurisdicional.

Mas creio, também, que o direito vive da tradição e que, por maior que seja o o movimento para dar celeridade aos processos, não se deve perder o essencial da profissão que é a defesa da parte baseada nas leis, cuja base, a estrutura, o arcabouço não podem ser alterados pela evolução eletrônica, transformando em tecnicismo a mente humana, que é quem percebe e diz o que é o direito.

Aceleram-se as paredes, as janelas e moderniza-se a construção, mas os cálculos para os fundamentos do prédio continuarão a ser clássicos, mesmo que haja alteração nos instrumentos dos referidos cálculos.

Assim também entendo que, sem a tradição, o direito não é direito, mas um progresso no qual ele não deve se estabelecer.

Os julgamentos, com todas as vênias, não devem ser virtuais, pois é preciso ver e ouvir o advogado, os magistrados e o direito pleiteado, que não decorre somente do que está escrito resumidamente em uma petição eletrônica com número limitado de páginas, mas no sentimento humano daqueles que ali atuam.

O robô não pode elaborar petições, por mais que sejam modernizados e atuais, eles não são capazes de perceber cada caso que, embora possa ter semelhança com outro, se diferencia sempre em relação à parte humana em conflito.

Acho que o bonde pode modernizar seus cabos elétricos e ter maior estabilidade, mas quero que meus filhos continuem subindo no estribo dos tribunais, que tenham suas petições lidas e discutidas com os magistrados, que elas não sejam ignoradas em favor da celeridade, mas objeto de decisões clássicas e aprofundadas a partir das doutrinas tradicionais. Que esse passeio de bonde chegue ao seu final fazendo justiça, que é o que todos almejam.

Certo, os processos são muitos e justiça que não é célere não é justiça, mas é preciso estudar melhor o que fazer para que o direito que se pretende não seja decorrente de um sistema eletrônico sem fundamentação. Que prevaleça, para sua obtenção, o lado humano e jurídico do advogado e do magistrado, que, juntamente ao Ministério Público, criam a paz social.

Algumas histórias sobre o TST e seus antigos ministros

Em 1972, eu estava sustentando na tribuna na primeira sessão do Tribunal Superior do Trabalho em Brasília. Lembro que estava também o ministro Gallotti, advogado na época e depois ministro do STF, Alino da Costa Monteiro, Carlos Selva, e outros advogados que começavam a atuar em Brasília vindos do Rio de Janeiro, do lado dos empregados estavam os expoentes Ulisses Riedel e José Torres Neves, hoje com mais de noventa anos, atuando ainda no Tribunal. Após a sessão, todos os ministros foram jantar na casa do Bettiol, meu sócio na época.

Havia figuras históricas que passaram no TST e que deixaram marcas não só pela cultura e pelo brilhantismo de seus votos, como também pela amizade e por suas peculiaridades. Lembro-me de algumas.

Por exemplo, o ministro Rezende Puech, originário do ministério Público, tinha obsessão por horóscopo e morava fora de Brasília. Ele só vinha para as sessões se o horóscopo estivesse favorável. E foi um grande Ministro.

O ministro Starling Soares era grandão, inteligente, e almoçava quase sempre no Florentino. No final do almoço, muitas vezes eu o ajudava a se levantar, tal o peso. Ele estava sempre de bom humor e fazia o relatório e o voto na hora do julgamento. Lia o processo naquele momento. Não havia a digitalização.

O presidente do TST no início de Brasília era Thélio da Costa Monteiro, irmão do Alino, um dos mais brilhantes advogados na área trabalhista. Alino tinha um número enorme de processos, e com isso, Thélio tinha que sair recorrentemente da presidência em decorrência do impedimento.

Ministro durante muitos anos, Barata e Silva foi um amigo constante. Dávamos aula em conjunto no CEUB. Ele escreveu muitos livros, conhecia bem o direito. Era um aficionado por mulheres bonitas e ficava impressionado com as minhas estagiárias.

Coqueijo Costa não só era especialista em processo do trabalho como poeta e compositor, tendo inúmeras músicas gravadas por brilhantes artistas da Bahia. Uma vez discutimos em um julgamento quando falava da tribuna, ele depois me escreveu um bilhete: – Maciel, não adianta brigar comigo porque nossa amizade é muito grande.

Tostes Malta, professor, ministro elegante e pai do Tostes Malta, desembargador também no Rio, escreveu em poesia o prefácio de um livro meu.

Lembrar do Russomano é falar sobre aquele que mais conheceu direito do trabalho no Brasil, concorrendo, certamente, com o Sussekind.

Russomano, que tinha sempre a porta de seu gabinete aberta, após um tempo, resolveu fechá-la. Conversando, ele me disse: – Olha, não deixo mais a porta aberta porque tem advogados que vêm até a porta com o cliente, entram, me abraçam, dão uma risada e depois, na saída, vendem meu voto, como se tivéssemos combinado. Se ele perde, foi traído, caso contrário, fatura pela visita aproveitada pela porta aberta.

Falar de Sussekind é lembrar de um dos maiores nomes da história do direito do trabalho no Brasil. Ele participou da elaboração da CLT em 1943, fizemos juntos o Projeto da CLT de 1070 a 1975. Foi ministro do Trabalho, ministro do Tribunal Superior do Trabalho, escreveu dezenas de livros, e também advogava, fomos parceiros na defesa de diversos processos.

Lima Teixeira foi um ministro brilhante, de uma elegância diária, que conhecia o direito como poucos. Pai de Lima Teixeira, meu amigo e que foi presidente da Academia Brasileira de Direito do Trabalho, da qual faço parte. Deixou um nome gravado na memória do Tribunal.

Meu amigo ministro Marco Aurélio, já quase decano no Supremo Tribunal Federal, entrou para o TST com a menor idade possível, de acordo com a Constituição.

Era brilhante em seus votos e conhecia os processos de todos. O ministro Hermes Pedrassani, no início de sua participação na Corte, disse ter ficado impressionado com o conhecimento de Marco Aurélio sobre os processos dos quais ele, Hermes, era relator. Averiguando, descobriu que o Marco Aurélio estudava, além dos dele, outros processos antes das sessões, chegando mais cedo ao Tribunal. Esse é um exemplo de que o sucesso não surge gratuitamente.

É com grande satisfação que me lembro do meu amigo Guimarães Falcão, casado com Teresinha, mulher exemplar que até hoje trabalha com as indefesas, presidindo a luta contra o câncer em Brasília. Ele é pai da Flávia, desembargadora e melhor amiga da Mônica, e da Cláudia, de forte personalidade e simpatia, casada com meu amigo ministro Caputo Bastos.

Quando Falcão deixou o Tribunal Superior do Trabalho, resolveu sair antes de completar a idade fatal de aposentadoria para voltar à advocacia, e, com seu conhecimento e brilhantismo, veio integrar meu escritório.

Tive a oportunidade, na sua festa de despedida do TST, de ser orador em nome dos advogados. Fiz então um discurso em forma de poesia que gostaria de reproduzir, porque é uma peça rara em oratória de tribunais.

Saudação ao Guimarães Falcão, no Tribunal Superior do Trabalho, em 24.08.1995, quando de sua despedida do referido tribunal:

"Minhas senhoras, meus senhores,
é interessante sentir como o tempo passa depressa, como
O dia de ontem transforma-se rapidamente em sonho,
e o de amanhã numa simples visão.
Fotografa-se o tempo passado, e retrata-se, em câmara
lenta, o que foi tragédia, como pesadelo, ou o que se tornou um
sonho, como poesia."

É hora de lembrança e lembro que Falcão chegou ao tribunal quando era presidido por Souza Moura, que dizia não fazer justiça, mas aplicar o direito.

Encontrou Thélio da Costa Monteiro, irmão de Alino, difícil saber qual deles entendia mais das questões trabalhistas, se o advogado ou o ministro.

Lá estava Mozart Victor Russomano, com seu brilhantismo, dando aulas a cada voto que proferia; Barata e Silva, professor e amigo de sempre.

Era o tribunal de Puech, ministro do horóscopo e que honrou com sua cultura a Procuradoria-Geral do Trabalho.

O momento é de se lembrar de Coqueijo Costa, seus ensinamentos sobre processo, sua musicalidade.

o Tribunal assistia ao despontar da liderança de Marcelo Pimentel, o conhecimento profundo do ministro Miranda Lima, e deliciava-se com a cultura humanística de Prates de Macedo.

Havia os classistas que ensinavam direito, como Orlando Coutinho, ou que defendiam com denodo a categoria profissional, como Ary Campista, não menos atuantes eram os representantes patronais, Fernando Franco, Expedito Amorim, e o saudoso Nelson Tapajós.

Foi com essa formação, nessa Corte, que tive a oportunidade de saudar Guimarães Falcão quando de sua posse nesse egrégio Tribunal Superior do Trabalho, e o saudei com a visão da esperança no futuro.

O futuro, entretanto, para Falcão, se fez presente rapidamente, pois dentre os doutos, de imediato, despontou com sua autoridade e brilhantismo.

O tempo passou, e estou agora saudando o colega, advogado Guimarães Falcão, quando de sua despedida desse Tribunal. A visão se transformou em sonho, e o sonho em poesia.

Foi em 1981, e o Tribunal se engalanava,
Recebia o novo ministro Guimarães Falcão
Vindo do Paraná, sua fama já ultrapassava
As regiões trabalhistas, alcançava a nação.
Ministro, afastando-se da matéria de fato,
Aprofundou-se nas questões de Direito.
Admirado pelo modo conciliador, pelo tato

Apreciava com estilo próprio cada feito.
Falcão na presidência marcou sua atuação
Administrando o Tribunal com grande efeito.
Deixou, no funcionalismo, admiração
Nos jurisdicionados, o respeito.

Em momentos decisivos da nação
Petroleiros tentaram o país parar
Falcão, com arte, criou a solução,
Evitando a greve, sem conciliar.
Foi dele, por despacho que ingressou na história
A pena de multa diária para a greve ilegal.

(O que seria o caos, transformou-se em glória)
Salvou o país, por suas mãos, este Tribunal.
E assim foi indo, com seu tímido jeito,
Mostrando tudo conhecer e ser capaz.
Era o jurista, dizendo o direito,
Era o conciliador, arbitrando a paz.
ao seu lado, Teresinha,
Teresa, mãe, mulher, seu escudo.
Mesmo quando tinha pouco, com ela muito tinha
Com Cláudia e Flávia, seu muito transformou-se em tudo.

Guerreiro, vencedor, percorreu o caminho do juiz
Afastando-se agora da toga que sempre honrou.
Ministro não mais, novo advogado, aprendiz,
na estrada que desde a faculdade sonhou.

Segue, Falcão, seu brilhante destino. Agora em outro polo da disputa,
voa, sem toga, seu sonho de menino.
Faz da advocacia sua luta."

Um ministro interessante foi o Américo de Souza, tendo ficado pouco no Tribunal. Tive um processo relevante sendo julgado no Pleno daquela época. Estava empatado, faltava apenas seu voto, quando pediu vista regimental. À noite recebi um telefonema dele, deveria ser por volta das 20h, perguntando se eu poderia ir a seu gabinete no TST.

Estranhei, achei que queria me falar sobre o voto de desempate. Coloquei o terno e fui para o Tribunal. Quando cheguei ao seu gabinete, ele me disse: – Dr. Maciel, como sei que você é um poeta, gostaria de sua opinião sobre três poesias que fiz. E leu as três com enorme seriedade. Eu fiquei surpreso e com vontade de rir pelo inusitado acontecimento, mas disse que eram maravilhosas e que ele deveria escrever mais. Aí acabou nossa grande conversa "jurídica".

Podia continuar aqui a falar de outros ministros, togados e classistas, que passaram pela Corte nesses anos que lá trabalhei, mas teria de escrever outro livro, pois foram muitos e muitas amizades. O que é certo dizer é que sempre houve um ambiente de cultura, inteligência, amizade e nenhuma corrupção em toda essa história do TST.

Eu em genebra, na OIT

Quando era assessor do ministro Arnaldo Prieto no Ministério do Trabalho, fui convidado para integrar a comissão que representaria o Brasil na OIT (Organização Internacional do Trabalho), em 1973 ou 1974, não me lembro bem.

Lembro-me que fazia parte da Comissão o ministro, que viajou com sua mulher Irma, Marcelo Pimentel, que na época era consultor jurídico do Ministério do Trabalho, Júlio César Prado Leite, brilhante jurista e meu amigo pessoal, Hugo Gueiros Bernardes e Chiarelli, do Rio Grande do Sul, profundo conhecedor das questões relativas ao trabalho e secretário das Relações de Trabalho do Ministério.

Íamos às reuniões diárias, a representação do Brasil ficava na terceira fila do auditório. No terceiro dia, Prieto não podia ir à reunião e soubemos que iria ser votado o ingresso da Palestina na OIT. Na porta do auditório, aguardando o que seria votado, estava Yasser Arafat, presidente da Organização para a Libertação da Palestina, juntamente de seu grupo, todos fortemente armados. Nesse dia, Prieto pediu para que eu votasse em primeiro quando chamassem o Brasil, e disse que iríamos apoiar o ingresso da Palestina.

Sentamo-nos no auditório e a votação começou. Quando chamaram o Brasil, votei pela aceitação da Palestina, que teve maioria no plenário. Os americanos, que não queriam essa aprovação e que estavam representados por mais de dez autoridades, levantaram e se retiraram do auditório .

Foi então que as portas se abriram, Arafat e mais uns oito do grupo entraram, todos armados, e ficaram de pé, na frente, sendo aplaudidos. Eu estava, evidentemente, preocupadíssimo com aquele palestino com uma enorme espingarda ao meu lado.

À noite, Prieto e Irma foram convidados para jantar em um restaurantes típico e caro de Genebra, onde se comia um frango que era derretido pelo calor da lareira.

Fui convidado pelo Prieto, mas quem pagava era um empresário paulista, ricaço, que queria puxar o saco do ministro e pediu um dos vinhos mais caros da adega.

Foi aí então que a viagem valeu a pena mesmo. Sozinho ou com minha mulher eu jamais pediria um vinho daquele preço, mesmo se fosse naquele fantástico restaurante. O puxa-saco, como também tinha de puxar o meu porque me achava uma autoridade naquele encontro, teve de pagar o enorme volume de taças daquele maravilhoso vinho que tomei.

No dia seguinte, voltaríamos para o Brasil, mas antes, com alguns amigos, resolvi passar em Paris. Estávamos discutindo esse roteiro em uma mesa no jantar, quando chegou Marcelo Pimentel, que já tinha ido umas vinte vezes a Genebra, e nos cansou a todos com seu conhecimento sobre tudo.

Daí, brincando, combinamos de dizer a ele que iríamos para Londres antes de voltar para o Brasil. Ele acreditou, e não tivemos outro encontro para desmentir. Encontramos com ele dois dias depois em Paris, pois foi mesmo a Londres.

Combinamos todos, na última noite em Paris, de irmos a uma boate ver um show famoso de transformistas. Entramos na casa e quando nos dirigíamos para a mesa, Marcelo, achando que ninguém falava português, falou em voz alta: – Aqui só tem gay! Foi então que, numa mesa próxima à nossa, uma senhora se levantou e disse: – Sou gay com muita honra. Tem alguma coisa contra?

E assim acabou nossa aventura na OIT. Ah, em relação à matéria trabalhista, realmente a viagem me proporcionou um conhecimento mais profundo quanto às convenções, recomendações e acordos discutidos, bem como a forma tripartite com que é apreciado o direito trabalhista em nível internacional. Foi uma ótima experiência.

Collor, Luiz Estevão e a minha sauna com Velloso

Tínhamos acabado um jogo de tênis lá em casa e, como sempre fazíamos, eu e o ministro Velloso entramos na sauna para descansar o corpo e jogar papo fora.

Passado algum tempo, a funcionária bateu na porta da sauna e me disse que o senador Luiz Estevão estava na academia, anexa à sauna, e queria falar urgentemente comigo.

Deixei o Velloso na sauna e fui conversar com o Luiz, um pouco surpreso, porque não o via fazia algum tempo, especialmente em uma visita no domingo pela manhã.

Disse-me então o senador: – Maciel, sei que você está com o Velloso e ele amanhã será o relator no julgamento de um mandado de segurança para suspender o processo de impeachment contra o presidente Collor. O presidente pediu-me para falar com você e saber se o Velloso vai julgar em seu favor, pois desse julgamento depende sua continuidade na presidência. Você pode perguntar a ele e me informar?

Esclareci ao Luiz Estevão que não conversava com o ministro sobre processos na sauna, ainda mais sobre um caso dessa relevância, ele então pediu para eu falar com o presidente, que estava na linha: – Zé Maciel – falou o presidente Collor –, fala com o ministro Velloso que estou aguardando seu voto e que dependo dele para seguir na presidência do Brasil.

– Ele foi nomeado por mim faz poucos meses e confio na sua inteligência e amizade.

– Presidente, disse eu, posso até falar, mas sei que o ministro Velloso não vai me dizer nada sobre seu voto. Espero que tenha êxito e que tudo saia bem.

É bom esclarecer aqui que o presidente Collor já era meu velho conhecido de Brasília, muito antes de assumir a presidência e que o Luiz Estevão, como deputado distrital, indicou meu nome e ele foi aceito para cidadão honorário de Brasília, daí a intimidade dos dois para conversarmos em questão tão complexa.

Voltei à sauna e, como o Velloso já sabia da presença lá fora do Luiz Estevão, me perguntou qual era o assunto. Disse a ele do que se tratava e ele me disse algo que ficou guardado na minha mente, uma lição que vem do berço: – Meu pai era desembargador e sempre me ensinou, disse Velloso, que um juiz deve seguir sua consciência, independentemente de quem for parte no processo. Estou estudando o caso e julgarei de acordo com o que achar juridicamente correto.

E acabou nossa conversa. No outro dia, fugi das mais de cinco ligações do Planalto antes do julgamento e depois soube que o Velloso tinha negado a segurança, posteriormente, o impeachment do presidente veio.

O que é a vida

A vida é uma passagem entre o milagre do nascimento e o mistério da morte.

Como se inicia?

Inicia-se com uma corrida de milhões de espermatozoides para alcançar um óvulo, só um ganha essa corrida. É um negócio maluco por se tratar de uma corrida sem uma mente ou consciência determinando.

Acontece que os espermatozoides são atraídos pelo óvulo até que o fecundem e não se sabe em que momento, se na fecundação ou no nascimento, entra aquilo que formará o ser humano, algo que o fará diferente dos demais seres viventes, acredito que seja a alma, ou espírito, ou mente, enfim, o eterno que nos acompanhará enquanto formos corpo.

Nossa vida, portanto, é composta de um ser físico, finito, e um ser abstrato, espírito, eterno. O que chamamos propriamente de vida é o período de passagem do nosso corpo vivo até perder seu objetivo neste mundo.

A vida é algo de maravilhoso porque temos o livre arbítrio de fazer nela um caminho fantástico e cumprir o propósito pelo qual nascemos e que o espírito vai nos demonstrando.

Esse livre arbítrio possibilita que muitos desperdicem o viver com as piores escolhas, tudo que aqui se faz de ruim, normalmente aqui se paga.

Outros nascem com dificuldades decorrentes do próprio corpo, mas o espírito que neles está demonstra que há uma razão, e que a vida pode ser maravilhosa com aquelas restrições que também servem a um propósito.

O fato é que a vida é uma só e tento aproveitá-la da melhor maneira possível. Dificuldades apareceram e aparecem, e são muitas. Mas conseguir vencer todas e conseguir aproveitar desta vivência é o que pode haver de positivo para que, quando se alcança a velhice, e eu a alcancei, seja possível olhar para o passado, cheio de dificuldades ultrapassadas e dizer: como é bom e como foi bom viver!

Para mim, quem melhor colocou a definição de vida foi Charles Chaplin, quando disse:

> "A vida é uma peça de teatro que não permite ensaios...
> Por isso, cante, ria, dance, chore
> E viva intensamente cada momento da sua vida...
> ...antes que a cortina se feche
> E a peça termine sem aplausos."

Tem pessoas que perguntam sobre o espírito, a religião, Deus, dizendo que se houvesse algo assim, se houvesse algo superior, teria de nos ter feito também de forma superior, sem fraquezas, sem doenças, com uma felicidade constante, também não poderia criar alguns com a vida melhor que a dos outros, enfim, que Deus seria esse?

Realmente essa é uma fórmula simplória de ver, existe mesmo algo superior, porque o mundo é feito de diferenças e são essas que geram a evolução.

Se olhar para uma flor, com sua simetria, cores e perfume; se olhar para o céu, com a lua de um lado e o sol do outro, se pensar no equilíbrio do universo, nas noites, nos dias, nas estrelas, nos planetas, no que era o mundo no início e a evolução até os dias atuais, e como essa evolução vem se fazendo, agora em dias e, em pouco tempo, em horas e minutos, se se pensar em tudo isso, se verá que nada é por acaso e que o mundo é feito principalmente de mistérios, e que certamente estamos engrenados em uma evolução constante.

Se for mais a fundo e procurar internamente sua força, mediante meditação e outros meios, se quiser se aprofundar nos milagres, e, mais especialmente como eu, se aprofundar no amor de Fátima, verá que esse Deus está sempre dentro de você e que ele lhe possibilita e possibilitou viver neste mundo lindo, cruel, amargo, feliz, mas com uma característica constante, o amor.

Surdez

Estou ficando um pouco surdo, acho que em razão da idade e da genética, pois minha mãe e muitos de seus irmãos ouviam pouco.

Comprei o melhor aparelho existente para melhorar a escuta e reduzir a surdez. Trata-se da Masseratti dos aparelhos existentes.

Os que me venderam dizem que ele proporciona 360° de escuta, tem dezenas de canais e quase não aparece. Alguma coisa sobre isso é verdade, inclusive o preço que a gente paga e deveria merecer algo da melhor qualidade, mas há uma questão que só os que perdem a audição e as especialistas, fonoaudiólogas, é que realmente sabem. O aparelho realmente faz com que eu escute até mais do que deveria. Mas faz com que eu escute sons e não as palavras como são produzidas, elas vão se perdendo em razão da morte de certos neurônios que faziam com que meu entendimento fosse completo.

Estou fazendo um trabalho com a fonoaudióloga, de tentar compreender as palavras novamente, adaptando novos neurônios para o lugar dos que já faleceram. Imaginem que a diferença é tanta que, em um dos exercícios que faço, eu ouvia "pavi" no lugar de "caju". Porra, que coisa triste. Agora já estou melhorando e ouvindo "paju".

O certo é que esse negócio de velhice é uma droga e que ouvir pouco é ainda pior. Muitas vezes finjo que ouço para não ser considerado chato, ou ficar fora da conversa, daí eu concordo com o que a outra pessoa está falando, sem entender bem, principalmente quando estamos em grupo e muitos falam juntos.

Como as pessoas sempre acham que estão falando o que é correto, minha concordância vai de encontro ao raciocínio delas e me torno simpático, ao invés de surdo, o que já é alguma coisa.

O pior, porém, é quando concordo, e o sujeito falou uma besteira reprovada pelos demais. Daí não tem desculpa, sou considerado não um surdo, mas um idiota.

São novas experiências decorrentes de velhos tempos. Lembro que tinha um tio, chamado Plínio, irmão da minha mãe, que sempre que alguém ia cobrar uma dívida dele, ele não ouvia nada e as pessoas diziam: – Ele é surdo, coitado.

Quando o cobrador ia embora, desiludido, ele começava a rir e dizia:

– Agora estou ouvindo tudo...

O golpe de 1964 começou lá em casa, e ningém sabe

Estava vendo televisão com meu pai na varanda do apartamento, na esquina da rua Joaquim Nabuco com a Nossa Senhora de Copacabana, no Posto 6, apartamento ao lado do que morava o vice-presidente Café Filho, quando, às 19h, o telefone tocou.

Era aquele aparelho preto, pendurado na parede, eu atendi. Alguém disse que o Jango queria falar com o pai.

Ele atendeu e o presidente João Goulart disse que, no dia seguinte, iria fazer um grande comício na Central do Brasil e que precisava de dois projetos de lei que reforçassem sua tese de dar maiores defesas aos trabalhadores e às pessoas de pouca renda.

Aqui é bom esclarecer que meu pai fazia propriamente todos os projetos de lei do Poder Executivo, auxiliando diretamente os presidentes da República desde a época do Getúlio Vargas que, por isso mesmo, transformou-o em consultor jurídico vitalício do Ministério da Justiça, que até então não existia.

Meu pai sentou-se na cadeira, ainda com a televisão acesa, e começou a escrever, com a caneta e papel que levei para ele, um projeto de lei sobre a Reforma Agrária, artigo por artigo, sem sequer olhar qualquer lei ou doutrina sobre a matéria.

Enquanto preparava esse projeto, o Guncho , meu irmão, voltou da rua dizendo que estava procurando apartamento para alugar, mas que tudo estava absurdamente caro. Então o pai, acabando o projeto da Reforma Agrária, aproveitou a conversa e começou a escrever um projeto sobre Tabelamento dos Aluguéis.

Poucas horas depois, ele telefonou para o Jango e disse que tinha dois projetos prontos, que ele poderia mandar buscar, o que foi feito, através de um oficial de gabinete do presidente.

No outro dia, no comício da Central do Brasil, o presidente Goulart leu os dois Projetos de Lei feitos pelo pai e, pouco tempo depois, seu governo caiu.

O pai foi então chamado ao aeroporto, onde estava o ministro Abelardo Jurema e provavelmente também o presidente.

De lá ele foi levado para responder a um inquérito na Comissão Geral de Inquéritos, comandada pelo general Estevão Taurino de Rezende, depois marechal, que comandou todos os inquéritos da ditadura.

O general Rezende era pai do Teco, meu melhor amigo. Eu vivia na casa dele, éramos muito amigos e ele conhecia também toda a minha família.

Quando o pai chegou à CGI, o General viu que era ele e disse aos demais para que o soltassem, que ele não tinha nada de revolucionário, pois tratava-se de um jurista amigo.

E assim foi que estourou o golpe de 1964, enquanto eu via televisão com o autor dessa "cagada" toda.

Nossas férias no Tivoli

Tivoli é um resort, perto de Salvador, no qual passamos por volta de oito dias nas férias de janeiro. Vamos há mais de oito anos com mais ou menos 23 pessoas.

É quase a nossa casa de início de ano, com uma praia maravilhosa, onde as crianças ficam sem risco, com petiscos nas barracas e almoços em restaurantes com moquecas e outras delícias. As bebidas que começam às 12h e não acabam nunca. E, a cada noite, um jantar diferente e fantástico.

Todos se encontram, se unem, e por isso são dias de extrema felicidade, acho que ali se encontra nossa vontade de estar juntos, representada naqueles oito dias, já que a vida proporciona a cada um momentos diversos em sua passagem.

Em 2019, ampliando um pouco essa união, fomos todos juntos a uma viagem para a Grécia, de navio, saindo de Roma, com a pandemia, suspendemos em 2020 a ida ao Tivoli. Em 2021 nasceu o Bento, filho da Manu e do Bruno e o Tivoli ficou para 2023.

Situação complicada a do Brasil de hoje

O capitão Bolsonaro foi eleito presidente, homem de direita, exatamente em razão de todas as cagadas que foram feitas no Brasil nos vários anos de governo daqueles que se diziam de esquerda, como também outros que se diziam de direita, outros do centro, mas quase todos respondendo hoje pelo crime de colarinho branco , corrompendo as instituições, como está sendo evidenciado atualmente na Justiça, a qual tem atuado de forma muito mais política do que jurídica, desde o Supremo Tribunal Federal.

Acontece que o tal Bolsonaro tem três filhos já políticos, um vereador, outro deputado e outro senador, e cada qual quer mandar como o pai, ou com o pai, fazendo do Brasil a casa deles, e demonstrando que a honestidade não é o forte deles.

Bolsonaro também colocou, na sua equipe de ministros, diversos generais da reserva, alguns, aliás, muito competentes, talvez bem mais do que ele, além de um general que foi eleito com ele como vice-presidente.

Acontece que o presidente e seus filhos são discípulos de um sujeito que morava nos EEUU, Olavo de Carvalho, que diz ser filósofo de direita e que afirma ter orientado e conseguido êxito na eleição do Bolsonaro, e, por isso mesmo, através de palavrões, a todo o momento solta tuítes esculhambando o vice-presidente, os generais, e conseguiu nomear um radical de direita para o Ministério das Relações Exteriores, uma senhora que viu o anjo trepada em uma árvore para o Ministério da Cidadania, e alguém contra o meio ambiente no Ministério do Meio Ambiente.

Mas o pior é que o filho vereador defende publicamente o aposentado dos EUA em suas falas, até mesmo contra o vice-presidente.

Ora, isso não vai dar certo.

E a Câmara e o Senado trabalham como se os novos integrantes adquirissem os vícios dos velhos, recebendo todas as benesses , com centrão e outros interesses.

Alguns jornais que recebiam do governo valores monstruosos para admirar seus membros, tiveram essas verbas cortadas, como também a TV Globo, e agora passam a falar mal, sem parar, de qualquer ato governamental, sem elogiar seja o que for. Foram trocados por outros que falam bem, ou seja, o governo é bom ou é mau, não pelo que faz, mas pelo que paga à melhor fonte.

É como se o fogo na Notre Dame fosse culpa do Bolsonaro, mas como ele diz, com sua vasta cultura: - Porra, que merda, puta que pariu, que país difícil...

Não sei o que será do Brasil nos próximos anos, nem nos próximos meses.

O corona-vírus

Já vivi muito, mas nunca pensei em passar por uma pandemia. Aliás, esse nome só conhecia por ouvir algo sobre tempos passados, como se fosse um termo que já tivesse caído em desuso.

Mas, repentinamente, o que começou na China foi se espalhando pelo mundo e, de um dia para o outro, estou eu e minha família em casa, de quarentena, o que já dura mais de três semanas e não parece ainda que terá fim.

Não é, na verdade, que seja eu e minha família, mas eu, Mônica e Pedro, que ainda mora comigo, além da namorada dele, Jana, que vem aos finais de semana. Tem ainda o Leandro, que cuida do jardim e faz compras, e duas empregadas que se revezam semanalmente com outras duas, pois a casa é quase um clube e se não for assim, se acaba. Porém, temos tomado todos os cuidados.

O Bruno, João, Nicolas e Mel vêm quase todos os dias jogar tênis e squash, mas ficam longe e conversamos separadamente. Paula traz o José e a Maria, junto com o Rafael, para brincarem no parque aos domingos, mas o "vovô está doente" e não podem chegar perto. Manu vem às vezes, mas fica longe. Conversamos mais por Skype, e assim tem sido também com Adri, Renata e netos – Skype.

Estamos tentando amenizar os riscos de espalhar o vírus com consequências trágicas, principalmente em razão da lotação de leitos hospitalares para os que estiverem em estado de maior gravidade decorrente de ter sido infectado.

No meio dessa quarentena, necessária, conforme se vê na maioria dos países, passa a existir uma quarentena também nas empresas, alguns poucos trabalhadores de atividades essenciais continuam prestando serviços, especialmente médicos, enfermeiros e outras profissões específicas. Um enorme volume de trabalhadores que trabalham em suas casas, ou em salas individuais com máscaras, luvas e outros apetrechos que os afastem dos riscos.

Existem também os trabalhadores autônomos, em grande número no país, que deixam de trabalhar até por falta de procura nesse tempo de emergência.

Fecham-se, por portarias e decretos estaduais e municipais, bares, restaurantes, lojas de comércio em geral. Hotéis ficam vazios por falta de turistas e de quaisquer outros tipos de hóspedes.

Na bolsa de valores, os títulos e ações derretem, o dólar sobe cada vez mais. Aviões não voam e navios ficam parados nos cais.

Os bancos fecham e constato uma situação que não havia pensado que poderia existir. É o Brasil parado de forma semelhante à maioria dos países, com mortes, doenças graves e doenças leves, tudo decorrente de um vírus contra o qual ainda não criaram uma vacina nem um remédio.

Os velhos, os que têm doenças graves, os diabéticos e outros mais fragilizados estão na categoria de maior risco.

Na política, com eleição para presidente da república somente em 2022, os que vivem desse mal só pensam na eleição ou na reeleição, todas as atitudes tomadas não estão exatamente procurando soluções que resolvam a saúde, mas sim que garantam os votos.

É nesse quadro triste que começam as demissões dos trabalhadores, o fechamento de pequenas e grandes empresas. Dá-se a tragédia do desemprego em meio ao infortúnio da saúde; o amontoado de empregados que não têm mais de um cômodo em uma casa com inúmeros dependentes, sem poder fazer a quarentena. Muitos perdendo o emprego, sem o qual não poderão comprar alimentos para seus familiares.

Sim, é isto que estamos vivendo: são pessoas morrendo do vírus e milhares de outras quase morrendo, ou morrendo, do vírus da fome.

Mas como evitar esse desemprego em massa? O que fazer para que as empresas não demitam, não fechem seus estabelecimentos e continuem vivas, em meio a essa crise que certamente passará?

Algumas leis, medidas provisórias, decretos e portarias têm sido aprovadas, mas tudo com muita precariedade, ou porque se conhece pouco sobre o assunto, ou porque há interesses políticos e empresariais, sendo que até mesmo remédios que possam melhorar os doentes mais graves passam a ser ideologicamente receitados ou não.

Enfim, é uma merda, mas como toda a merda, há de passar.

Entretanto essa quarentena tem servido para muitas coisas boas. Alguns dizem que Deus deve ter se irritado muito com o ser humano, e tem toda a razão, pelos estragos que os homens têm feito na Terra e que é preciso parar tudo, colocá-los em prisão domiciliar para que vejam que essa ganância, esse egoísmo, essa vaidade e essa exploração do meio ambiente não vale nada, e que o homem precisa se voltar para dentro e ver como ele é pequeno, já que tudo pode acabar apenas com um vírus.

Outros querem demonstrar que são superiores a tudo e, em pouco tempo, perdem o prestígio, o cargo e tudo mais, porque são uns merdas.

De qualquer forma, estou aqui desfrutando de uma prisão domiciliar, com pessoas maravilhosas, em uma casa maravilhosa que consegui com o trabalho de mais de cinquenta anos, estou mantendo o escritório enquanto posso, sem demitir nem reduzir salários, com o pessoal se revezando em casa; os que trabalham comigo estão com o maior cuidado, e toda a minha família está tendo essa experiência prisional, que ficará em nossa história.

Espero que eu ainda tenha tempo para contar aos netos e ao bisneto, que não sabem exatamente o que está acontecendo, sobre essa aventura que estamos passando, isso, logicamente, depois de ela ter passado.

Rotina da pandemia

Como disse, estamos em uma pandemia, ou seja, uma doença viral que se espalha entre a população, e, no caso, podemos dizer, entre a população mundial.

Lembro que, no dia 14 de março, fizemos a festa da Paula de aniversário, acho que foi a última festa que estive até hoje, 3 de maio de 2020.

Na festa, a Adriana começou a se sentir mal, gripada e com febre, e foi para o quarto, um pouco isolada, voltando ao Rio no outro dia pela manhã. Ela não teve nenhum corona vírus, mas sim uma gripe comum, comum vírus.

Então, para nós, o marco inicial do corona vírus pode ser 14 de março, o que nos deixou, cada um em sua casa, já faz quase cinquenta dias.

O que faço nesses dias? Meu escritório não está fechado, mas muitos trabalham em casa, como eu, outros poucos continuam indo ao escritório com os cuidados necessários. Não houve, até agora, nenhum advogado ou servidor que tenha sofrido do vírus, me parece que tomamos as medidas corretas.

Como os tribunais também estão trabalhando somente por meio eletrônico, até as sustentações orais estão sendo feitas por *lives*, assim vamos aprendendo algumas coisas novas, como a não necessidade de uma sede enorme e a possibilidade de um trabalho bem elaborado em casa. Acredito que os tribunais também estarão, no futuro, atuando de forma mais célere, com notificações, entregas de memoriais, e mesmo algumas audiências realizadas virtualmente.

Em casa estou convivendo melhor, se não fosse a vontade de abraçar mais os filhos e os netos, e as dificuldades de viagem, eu e Mônica temos feito nossa rotina, que na verdade é boa, e temos como companhia do Pedro, que tem também sua própria rotina de trabalho e outras atuações.

Nos finais de semana, a Jana, namorada dele, que é extremamente agradável, vem.

A minha rotina é: acordo às 7h30, tomo café, leio os jornais, sempre com matérias relativas às loucuras feitas pelo Bolsonaro no dia anterior, que ministro do Supremo que ele teria sacaneado ou que teria liberado algum colarinho branco, e notícias sobre o Rodrigo Maia e quantos morreram de corona vírus até a véspera.

Depois faço mais ou menos uma hora de meditação e saio para caminhar, atravessando a rua se aparece alguém na mesma calçada. Na volta, faço ginástica, tomo banho, converso e leio com a Mônica até a hora do almoço, ou faço sauna com o Pedro.

Às vezes bato uma bola de tênis no paredão – quase sempre ganho.

À tarde descansamos, vemos um filme e caminhamos no jardim depois de um chá com biscoitos, à noite continuamos um seriado, jantamos, ficamos juntos vendo um pouco de televisão e dormimos. Acredito que o principal é não pensar no que vai ser feito no dia seguinte, e sim viver a vida no dia que ela está acontecendo.

Hoje que já fiz oitenta anos e acho que é muita idade, deveria me sentir velho. Acontece que não é assim. Certamente, de aparência, não pareço efetivamente novo, mas a minha cabeça, a minha musculatura, o meu físico, a minha vontade de viver e os projetos que aparecem no meu pensamento, meu interesse pelas coisas, nada disso envelheceu. Ao contrário, hoje sinto, muitas vezes, que estou mais forte do que quando tinha cinquenta anos. A única coisa que me atrapalha fisicamente é a alergia, a dificuldade da rinite, algo que tenho desde que me conheço e que, portanto, não faz parte da velhice.

E olha que eu já fiz muita coisa, já escrevi mais de cinquenta livros, pintei mais de duzentos quadros, tive dois cânceres, me casei três vezes, perdi o pai, a mãe e os cinco irmãos, fiz um escritório de direito do trabalho, talvez o maior do Brasil, isso e muito mais deveria demonstrar a mim mesmo que já sou um velho, mas é gozado, porque sinto que tudo passou muito depressa e que deveria viver muito mais para me sentir idoso.

Certamente que se o corona, ou outra doença qualquer, me pegar por agora, ficarei muito chateado, porque gosto muito de tudo, mas não posso dizer que não vivi plenamente. Essa talvez seja a grande vantagem de se alcançar os oitenta anos.

Nunca pensei, mesmo vivendo tudo isso, em passar por uma pandemia. Que coisa engraçada, como todas as coisas mudam, no mundo todo, em razão de um vírus que começou lá na China. Nem se pensava em passar pela mesma crise de lá, matar tantas pessoas e deixar todos presos em casa.

Uma prisão domiciliar agravada pelo medo, não de fugir e levar um tiro, mas de sair e pegar um vírus que não se sabe se vai nos enviar para o outro mundo.

É verdade, porém, que isso já está cansando. Acrescido da pandemia no Brasil, estamos tendo, em conjunto, uma crise política das mais graves. É que o capitão Bolsonaro não quer que o povo fique em casa, porque a economia cai e ele não consegue demonstrar porra nenhuma do que pretendia fazer em nível econômico.

Então vai contra o mundo e, mesmo ele tendo pegado o corona vírus, que esconde, mas todo mundo sabe, segue pelas redes sociais brigando com governadores, com o Supremo, com o Congresso Nacional e, da mesma maneira, com seus melhores ministros, pois basta que façam alguma sombra, que ele demite. Ainda não conseguiu nem começar seu governo e já está em campanha para a próxima eleição, coisa nunca vista em país nenhum.

Hoje, dia 3 de maio, dia da imprensa, os milicianos que o acompanham foram para a frente do Palácio do Planalto. Ele desceu a rampa e fez um discurso de ditador, dizendo que está contra o Congresso, contra o STF e que os militares estão com ele. Não sei no que vai dar essa merda, ou se é *fake*.

Talvez, porém, esses ataques histéricos estejam nos dando algumas emoções a mais para vencer essa crise do corona e notícias para podermos ler os jornais e, com isso, fugir um pouco da nossa rotina. Quem sabe não é essa a função do capitão?

Agora, voltando ao corona vírus, acho que esse troço não demora mais de um mês, pois a qualquer momento aparece um remédio para curar, ou, com mais tempo, uma vacina, ou mesmo o vírus vai perder sua força, como os demais que já passaram por aqui.

Tenho certeza de que o mundo será melhor, e tenho essa certeza porque hoje li no jornal:

– Uma arara voa sobre a praia do Arpoador.

Mercado de trabalho e transformações empresariais. Impacto sobre as profissões em decorrência do corona-vírus

Penso que nenhum de nós imaginou em enfrentar na vida uma pandemia. Aliás, o próprio nome só era conhecido de ouvir raramente algo sobre tempos passados, como se fosse um termo em desuso, relacionado a histórias como as da peste ou da gripe espanhola.

Mas, repentinamente, o que começou na China foi se espalhando pelo mundo. De um dia para o outro, eu e minha família ficamos em casa, de quarentena, o que já dura alguns meses e ainda não parece ter fim.

Estamos tentando amenizar os riscos da disseminação do vírus com consequências trágicas, especialmente em razão da quantidade de leitos hospitalares para os infectados que estiverem em estado de maior gravidade. Os cientistas buscam remédios e vacina para acabar de uma vez com essa tragédia, ou talvez tenhamos que esperar que o vírus perca a força e desapareça.

No meio dessa quarentena pessoal necessária, conforme se vê na maioria dos países, passa a existir a quarentena também das empresas – alguns poucos trabalhadores de atividades essenciais continuam prestando serviços, especialmente médicos, enfermeiros e algumas profissões específicas –, um enorme volume de pessoas trabalham desde suas casas, por teletrabalho, ou desde salas individuais com máscaras, luvas e outros apetrechos que os afastam, de certa forma, dos riscos.

A maior parte dos trabalhadores autônomos, em grande número no país, deixaram de trabalhar, até por falta de clientes nesse tempo de emergência.

Por portarias e decretos estaduais e municipais, fecham-se, bares, restaurantes e lojas de comércio em geral.

Hotéis ficam vazios por falta de turistas ou quaisquer outros hóspedes.

Na bolsa de valores, os títulos e ações derretem, e o dólar sobe cada vez mais, ou sobem as ações e o dólar cai, mediante interesses que desconhecemos. São poucos os aviões que voam e os navios ficam parados nos cais.

Os bancos estão fechados. Realmente uma situação impensável para mim. É o Brasil parado, de forma semelhante à maioria dos países do mundo, com mortes, doenças leves e graves. Os idosos, os que têm doenças graves, os diabéticos, asmáticos e outros mais fragilizados, estão na categoria de maior risco. Tudo decorrente de um vírus contra o qual ainda não há vacina nem remédio.

Na política, como haverá uma eleição para presidente da República em 2022, só pensam na eleição ou na reeleição, todas as atitudes tomadas não estão exatamente procurando soluções que resolvam a saúde, mas buscando garantir votos.

Os remédios e vacinas se tornaram possibilidades de enriquecimento com a concorrência entre laboratórios mundiais. A quarentena nos mostra essa louca concorrência de políticos que querem saber mais sobre saúde do que médicos e cientistas.

E é nesse quadro triste que começam as demissões dos trabalhadores, com o fechamento de pequenas e grandes empresas; a tragédia do desemprego em meio ao infortúnio da saúde; o amontoado de empregados que não têm mais de um cômodo em uma casa com inúmeros dependentes, não podem fazer a quarentena e, ao mesmo tempo, perdem o emprego, e com isso não podem comprar alimentos para seus familiares.

Sim, é isto que estamos vivendo: pessoas morrendo pelo vírus e milhares de outras quase morrendo, ou mesmo morrendo de fome.

Como evitar esse desemprego em massa? O que fazer para que as empresas não demitam, não fechem seus estabelecimentos e continuem vivas, em meio a essa crise que certamente passará?

Qual o impacto dessa pandemia nas profissões com as transformações empresariais, que são os temas ora em debate?

Certamente é preciso salvar as empresas e os empregos. A quarentena, já de início, evidencia uma contradição entre o fator econômico e o social, o que me lembra muito a Justiça do Trabalho.

O direito do trabalho, e a própria Justiça do Trabalho, nasceu com o objetivo de defender o trabalhador, parte mais fraca do contrato, equilibrando os interesses econômicos com os direitos sociais. Os conflitos trabalhistas são exatamente decorrentes desse desnível entre aquele que trabalha e o empresário que o emprega – salário e lucro.

Mas o que tem isso a ver com o vírus e a quarentena? Tem tudo, porque estamos novamente diante desse conflito em escala muito maior, entre o trabalhador ficar em casa e viver, ou correr o risco de ir para o trabalho, em favor da economia, e morrer.

Vemos o governo incentivando o trabalho focando na economia e, por outro lado, a Organização Mundial de Saúde pedindo para que todos fiquem de quarentena, evitando a doença e as internações hospitalares.

Em alguns países, o pior já passou e todos vão ingressando, vagarosamente, na vida normal. Em outros, o vírus continua se disseminando com força e, no meio de tudo, a política atrapalha uma solução mais rápida, com menos mortes.

Vemos, assim, novamente, o direito econômico batendo de frente com o direito social, sendo que, no caso, o social é a própria vida.

Mas essa é uma comparação quase fictícia entre a empresa e o trabalhador, tendo em vista a situação extraordinária que estamos passando, como nunca aconteceu antes – uma pandemia que atinge a todos. Digo isso porque, na verdade, não há um interesse maior da economia no sentido de ampliar o lucro e reduzir direitos, a questão agora é de sobrevivência de ambos, empresa e trabalhador.

É que mantida a quarentena não há funcionamento do setor econômico; prolongada a crise, empresas fecham suas portas e, em decorrência, não existem mais empregos, o que traz sofrimento para o trabalhador, não só pela possibilidade de contaminação pelo vírus, mas pela ameaça da fome.

E é nesse dilema que nos encontramos, não só o Brasil, mas também os demais países, ninguém sabe ao certo como fazer para equilibrar o social e o econômico.

Creio que haverá um momento em que o setor econômico entenderá que vai perder, que o país ficará mais pobre. É preciso cobrir o prejuízo dos trabalhadores autônomos, dos sem trabalho, dos trabalhadores formais demitidos, dos empregados com salários reduzidos, enfim, é preciso garantir o bem-estar social para, posteriormente, fazer o país voltar a crescer economicamente, porque a economia existe para a sobrevivência humana e não ao contrário.

O impacto do corona vírus e da consequente quarentena sobre as profissões diante das transformações empresariais, que já vêm acontecendo, é algo assustador.

Mesmo com as medidas de socorro anunciadas desde o início da crise, o Brasil deve encerrar o ano com a perda de três milhões de trabalhos formais, conforme projeções do Ministério da Economia.

Confirmados esses número, teremos a maior destruição de vagas com carteira assinada já registradas no país, voltando o mercado de trabalho ao nível de 2010, ou seja, perderemos dez anos na criação e manutenção de empregos formais.

Vejam que o saldo positivo acumulado em 2018 e 2019 foi de um milhão e duzentas carteiras assinadas para novos trabalhadores, o ministro da Economia avalia que poderemos perder um total de vagas no limite de cinco milhões de empregos.

É claro que aí surgem diversos fatores que podem influenciar essa estatística, como a duração de medidas de distanciamento social necessárias para conter o vírus, programas de manutenção de empregos criados na crise, e, possivelmente, remédios ou vacinas que acabem com a demora na retomada dos trabalhos.

Há uma dificuldade sobre os rumos do mercado de trabalho diante da pandemia relativa à ausência de dados estatísticos, pois, apenas para exemplificar, o IBGE, que produz indicadores sobre o mercado como um todo, incluindo trabalhadores formais e informais, enfrenta problemas para fazer esse levantamento presencial de dados em razão da pandemia.

Como consequência, há também o enorme número de trabalhadores solicitando o seguro-desemprego. Segundo fonte já citada, mais de cinco milhões de trabalhadores solicitarão o auxílio até o fim do ano.

O governo, mediante medidas provisórias e decretos, tem apresentado algumas propostas e medidas concretas para proteger o emprego e as empresas, entre elas, a principal, a Medida Provisória 936, que permite acordo para reduzir jornadas de trabalho e salários de trabalhadores com 25%, 50% e 70%, ou a suspensão do contrato de trabalho, medida que já atingiu milhares de empregados. Criou também uma linha de crédito de quarenta bilhões para pagamento de salários de firmas com faturamento anual de até dez milhões de reais.

Admitiu levantamento de valores do Fundo PIS/PASEP que tinha sido extinguido, incorporando-o ao FGTS, está concedendo empréstimos com facilidades de pagamentos a empresas aéreas, parcelamento para devolução de passagens já pagas e inviáveis de cumprimento, valores parcelados para trabalhadores autônomos, e também valores para alimentação dos que não têm profissão, enfim, são várias e diversas as ajudas do governo para superar a crise até o momento atual.

Também os sindicatos mais atuantes têm realizado convenções e acordos coletivos entre empresa e trabalhadores para amenizar e dar continuidade ao trabalho como um todo.

Mas são imprevisíveis e de difícil elaboração medidas que mantenham os trabalhadores pelo menos com um salário digno para seu sustento e de sua família.

Vejam que todas essas medidas, especialmente as relativas a empréstimos com juros baixos e prazos longos para pagamentos, deveriam ser concedidas com a garantia de emprego dos trabalhadores durante certo prazo, e proibida a demissão sem justa causa.

São experiências em uma crise até então desconhecida no mundo, desconhecido também seu final e quais as efetivas medidas para melhorar suas consequências.

Talvez possamos aprender um pouco com a história, verificando o que houve com a economia e o emprego quando da peste bubônica e da gripe espanhola, mas esse seria um estudo mais aprofundado no tempo.

A velhice e as jabuticabas

Um dia chegou às minhas mãos um texto que tratava da velhice e de jabuticabas. Achei-o tão interessante e de acordo com o que sinto que gostaria de reproduzi-lo neste final do livro:

"Contei meus anos e descobri que,
Provavelmente,
Terei menos tempo para viver daqui para frente
Do
Que já vivi até agora.

Sinto-me como aquele menino que ganhou
Uma
Bacia de jabuticabas.

As primeiras, ele chupou displicente, mas
Percebendo que faltam
Poucas, deleitou-se cuidadosamente com cada
Uma que ainda havia.

Já não tenho tempo para lidar com mediocridades.

Não quero estar em reuniões onde desfilam egos inflados.

Inquieto-me com invejosos tentando destruir
Quem eles admiram,
Cobiçando seus lugares, talentos e sorte,

Já não tenho tempo para projetos megalomaníacos.
Já não tenho tempo para conversas
Intermináveis,

Para discutir assuntos inúteis sobre vidas
Alheias,
Que nem fazem parte da minha.

Já não tenho tempo para administrar melindres
De pessoas que,
Apesar da idade cronológica, são imaturas.

Detesto fazer acareação de desafetos que
Brigaram
Pelo majestoso cargo de secretário-geral do coral.

Foi Mário de Andrade que uma vez disse:
"as pessoas não debatem conteúdos,
Apenas os rótulos."

Meu tempo tornou-se escasso para debater rótulos, quero a essência.

Minha alma tem pressa.

Sem muitas jabuticabas na bacia, quero viver ao
Lado de gente humana,
Muito humana; que sabe rir de seus tropeços,
Não se encanta com
Triunfos, não foge de sua mortalidade, defende a
Dignidade dos marginalizados, e deseja tão somente andar em paz.

Caminhar perto de coisas e pessoas de verdade,
Desfrutar desse amor
Absolutamente sem fraudes, nunca será perda de tempo.

O essencial faz a vida valer a pena.

Basta o essencial."

O MUNDO AOS OITENTA

Farei oitenta anos na próxima sextafeira
Como estou vendo o mundo nessa idade?
É bom continuar vivo, vendo o mundo
Mas que mundo que se transforma em um segundo
Num G5 ou num computador?
Vejo os Estados Unidos e a China
Entrarem numa guerra fria
Vejo um vírus, que horror
Matando, deixando doente,
Em tudo que é continente
Na Alemanha, que agonia
Merkel vai deixar o Poder
Macron, na França continua
Sem de política entender
E a Europa faz um acerto
Cobrindo o prejuízo fatal
Dos países endividados
Que com o vírus ficaram mal
Enquanto longe os islamitas
Voltam ao rigor do Alcorão
Homens de varas na mão
Batem em feias ou bonitas
E se mata, a pedrada
Aquela que com o marido não quer nada
Voltamos então ao Brasil
Brasil dos meus 80 sexta-feira
País em que a liberdade é uma bandeira
Onde a rede social
É censurada pelo Tribunal
E o presidente, de moto
Sai em tudo que é foto
Mostrando que é corajoso
Tira a máscara e mesmo mal
Beija o povo, um povinho
Que lhe serve de quintal
Para pensar um pouquinho

Na popularidade que não tem
E o Supremo como ninguém
Solta muitos condenados
Bandidos até armados
Que acabam ficando bem
No Congresso se fala em impichar
O presidente maldito
Mas esse negocia o Centrão
Coisa que é pra comprar
E ninguém será impichado
Nem presidente, nem ministro, nem deputado
E vou chegando aos oitenta
E olho um pouco pra trás
Nada é muito diferente
Do que lá já existiu
Tínhamos a guerra fria
E era com a Rússia presente
Brigas na Europa, falência grega
Teve até gripe espanhola
Matando no mundo inteiro
E teve quarentena como agora
No Islã já se batia em esposa
Não se usava , como hoje, garfo e colher
E o povo sofrido se matava
Para ver se, como dizia o Alá
No outro mundo é que tinha mulher
E no Brasil que conheci
Tinha Getúlio , Jango , Juscelino
Tinha Jânio varrendo a ladroeira
E depois os generais
Castelo Branco em primeiro
Costa e Silva e Médici geniais
Tão geniais que matavam
Pregando a democracia
E o povo acreditava
Porque senão também morria
Ainda teve Geisel e Figueiredo
Este último general

Que não era um sujeito mau
Dizia gostar mais de cavalo do que do povo
Era um raciocínio novo
Para um grande presidente
Surgiu novamente a democracia
Eleito Tancredo este não tomou posse
Parece até ironia
Mas apareceu na televisão quase morto
Rindo como um boneco
Dizendo que estava bom
E entrou então o Sarney
Primeiro presidente na nova democracia
Criou a Belém Brasília
Fiz contra ação popular
E quase na Papuda fui parar
Seguiu o país com o Collor
Que tomou nosso dinheiro
Em um plano infernal
Cassado entrou Itamar
Que apareceu no Carnaval com a amiga sem calcinha
Era ela até engraçadinha
Mas parece-me um pouco vulgar
Entrou Fernando Henrique em seu lugar
Conseguiu uma nova eleição
Depois veio Lula, Dilma, etcétera e tal
E esses são os oitenta anos do meu Brasil
O que me importa dizer a essa classe de políticos
Vão pra puta que os pariu
Mas o que interessa mesmo sou eu
O que fiz, o que é meu
E viver oitenta como estou vivendo
É ser feliz, viva o Brasil.

O prêmio após os 80

É necessário, de início, fazer uma distinção entre idade e desgaste físico e mental em decorrência do tempo.

Já cheguei a 81 anos, estou próximo de 82 e não sinto propriamente um desgaste do corpo ou da mente em decorrência da idade. Certamente que as curas de determinadas dores são mais demoradas e que não tenho mais aquele ânimo que tinha aos 45 anos.

Também sinto que esqueço um pouco mais, porém nada que me prejudique, pois desde cedo sempre tive esquecimentos. Creio que um dos problemas que mais me aflige é a perda de parte da audição, o que é corrigido pelo aparelho, mas mesmo assim existe uma confusão no reconhecimento de algumas frases ou finais de palavras.

Posso dizer também que tive sorte porque escapei, sem lesões, de um câncer de próstata, de outro na bexiga e mais três de pele, sem ter de fazer grandes tratamentos ou ficar com alguma dificuldade decorrente.

Por outro lado, tive uma vida muito completa, com experiências várias em todos os aspectos. Casei-me três vezes e estou casado há mais de trinta e cinco anos com uma mulher que sempre me deu a maior força e com quem o relacionamento é maravilhoso.

Tive os filhos que queria, uma porção de netos e até agora um bisneto. Tudo correu muito bem, até os dois anos de pandemia foram ultrapassados sem maiores problemas por todos, o que é difícil em uma família desse tamanho.

Lembro-me do passado, cinco irmãos, pai, mãe, tios etc... uma família complicada, mas amorosa. Com uma boa análise e bons pensamentos, tudo foi válido.

Achei que não seria grande coisa, mas consegui ganhar dinheiro para viver em primeira classe com todos os meus e até preparar uma aposentadoria para cada um, o que me alivia mentalmente.

Consegui escrever uns cinquenta livros, plantei muitas árvores, até uma no bosque dos ministros do Supremo Tribunal Federal, que está com o meu nome, o que faz com que eu acredite que devo ter sido um bom advogado, pois sou o único entre as Nobres Excelências.

Então, o que acontece após os oitenta anos que modifica nosso modo de pensar? É que sinto que cada ano vale como se fossem cinco, ou seja, a ideia que tenho é de que preciso fazer muito em pouco tempo, porque tenho pouco tempo.

Isso não quer dizer que eu esteja doente, ou que ache que vou morrer amanhã. Mas é possível e evidentemente claro que, a não ser por exceção, a vida, com sorte, ficará em mim por mais uns três ou quatro anos. O tempo passa cada vez mais depressa.

Vejam, dois anos de pandemia passaram com uma rapidez inacreditável. Agora começo a pensar nos lugares que gostaria ainda de conhecer, nos lugares que gostaria muito de voltar, nas pessoas que precisaria ajudar mais, nas viagens especiais que gostaria de fazer com a minha mulher, nas repetições do nosso Tivoli, nos clientes que gostaria de dobrar e, devo confessar, é isso que me traz muita angústia.

Quando não se compra mais um imóvel a prestação porque sabe que ele não ficará pronto a tempo de vê-lo, ou não viverá para pagar todas as prestações, quando se imagina que, por melhor que esteja sua saúde, em poucos meses ou anos você poderá perder a capacidade que tem agora, ou, o que será melhor, partir sem sofrimento maior. Quando se vê que a maioria dos seus conhecidos já foram, que os filhos já estão cada um com vida própria, e que se tem ao seu lado a mulher que se ama, o que é um enorme alívio, mas que o resto vai ficando vazio, parece-me que isso é o que se pode chamar de velhice.

O final da vida, como quando se nasce, é solitário e, como uma criança que sai do ventre, vai se saindo em pouco tempo desse ventre em que se viveu durante muitos anos.

Como uma criança, vai-se de novo nascer para um mundo que é desconhecido, e tudo isso é mágico e angustiante.

Com experiência e inteligência vai se aprendendo a viver com as memórias, a pensar mais no presente do que no que poderá vir do pequeno futuro que lhe resta, e a ver que a vida é uma passagem, rápida, mas que vale a pena.

Realmente não existe quem lhe ensine a envelhecer, e aí está a diferença entre o velho e a criança. A criança, desde o nascimento, aprende a viver, mas o velho, após certa idade, tem de aprender por si a experiência da solidão e a espera do que virá.

É interessante. Um feto aguarda nove meses para nascer e não sabe de nada que vai acontecer. Nós somos como fetos, esperamos o tempo que Deus nos dá para morrer, e não sabemos nada do que vai acontecer depois.

E assim, por sorte, ou porque Deus quis, eu vivi uma vida maravilhosa, e nessa minha idade já me sinto no lucro. É bom ver o que vivi e aproveitar com a tranquilidade de uma família que consegui criar bem. Estou satisfeito. Creio que vivi bem e estou ganhando esse prêmio de viver mais, após os 80.

Seria uma época de se pensar sobre a morte, Deus, o que virá depois? Sim, a morte é algo tão natural como o nascimento. Alguns vão antes, outros demoram mais, – acho que há uma força misteriosa que me levou a ir mais longe.

Não sei exatamente qual a razão, mas certamente essa força é Deus, e Ele sabe o que faz. Se fiquei aqui até agora e consegui ultrapassar tudo nesta vida, além de ter obtido o que desejava, não é por sorte, nem é por coincidência, mas é a vontade de quem criou tudo isso.

Vocês que ficam vão ter a possibilidade de ver um mundo totalmente diferente, mais virtual, mais eletrônico, e, talvez, menos sentimental, porque a riqueza, com o avanço tecnológico, vai reduzir a sociedade a um número pequeno de ricos e, se não houver algo mais forte social, as pessoas comuns terão dificuldades de viver. Ou seja, não acredito em uma vida futura dentro deste capitalismo que vivemos na atualidade.

Mas vocês estarão aí criando toda uma geração que pode alterar esse ego do poder e do dinheiro e evidenciar que o que vale é o social. O progresso é para melhorar a vida das pessoas e não para reduzi-las novamente à condição de escravos, como viveram nossos antecedentes.

A pintura na minha vida

Quando era pequeno, e já tratei disso no início desse livro, meu pai me levava par o estúdio do Iberê Camargo com quem aprendi um pouco a pintar. Depois, com o tempo, fui pedindo que os outros fizessem um risco que eu transformava em cara. E assim fui criando meu mundo de caras novas, refletido um complexo de Deus que certamente criou diversas caras diversificadas. Gosto muito de pintar e quando inicio um quadro, quase nunca sei como vai acabar.

Não é como se eu fosse pintar uma paisagem. É alguma coisa que vem de dentro e se transforma criando especialmente pessoas interligadas. Acho que é meu interior meio complicado que baixa suas complicações na tela. Tomei coragem e farei uma exposição individual no espaço Oscar Niemeyer em Brasília, com mais de setenta e cinco quadros. Se eu tiver mais sorte do que Van Gogh venderei as telas, com renda para os "sem terra", ainda em vida.

Livros publicados

- A JUSTIÇA DO TRABALHO (1941/1981) - monografia premiada.

- HABEAS CORPUS POR JUSTA CAUSA - M Justiça, co-autor.

- O CONTRATO DE TRABALHO E SUAS ALTERAÇÕES (DUAS EDIÇÕES)

- DIREITO DO TRABALHO AO ALCANCE DE TODOS (VINTE EDIÇÕES)

- DIREITO DO TRABALHO AO ALCANCE DE TODOS E A NOVA CONSTITUIÇÃO (QUATORZE EDIÇÕES)

- O PROCESSO ATUAL E O CONTRATO DE TRABALHO DO EMPREGADO DOMÉSTICO (LIVRO PREMIADO PELO TST)

- MANUAL DE DIREITO INDIVIDUAL E PROCESSO DE TRABALHO

- TENDÊNCIAS DO DIREITO DO TRABALHO CONTEMPORÂNEO (EM COLABORAÇÃO)

- COMENTÁRIOS À JURISPRUDÊNCIA DO STF EM MATÉRIA TRABALHISTA (VOLUME I)

- COMENTÁRIOS À JURISPRUDÊNCIA DO STF EM MATÉRIA TRABALHISTA (VOLUME II)

- COMENTÁRIOS À JURISPRUDÊNCIA DO STF EM MATÉRIA TRABALHISTA (VOLUME III)

– DICIONÁRIO DE DIREITO E PROCESSO DO TRABALHO (ACADEMIA NACIONAL DE DIREITO DO TRABALHO – COLABORAÇÃO)

– DIREITOS TRABALHISTAS DOS BANCÁRIOS (TRÊS EDIÇÕES)

– ADVOCACIA NO TRIBUNAL SUPERIOR DO TRABALHO.

– REFLEXÕES POÉTICAS DE DOIS ADVOGADOS – MEU PAI E EU

– SINDICALISMO - HOMENAGEM A MARTINS CATHARINO (EM COLABORAÇÃO)

– RELAÇÕES COLETIVAS DE TRABALHO – (VÁRIOS AUTORES – EDIÇÃO LTr – HOMENAGEM A ARNALDO LOPES SUSSEKIND)

– PRECEDENTES DO TST EM DISSÍDIOS COLETIVOS – COMENTÁRIOS (LTr)

– CURSO DE DIREITO CONSTITUCIONAL DO TRABALHO (VÁRIOS AUTORES - HOMENAGEM A AMAURI MASCARO NASCIMENTO) – LTr – 1991

– RECURSO DE REVISTA – (LTr - 1992)

– "RECURSOS TRABALHISTAS – AGRAVO DE INSTRUMENTO E EMBARGOS DE DECLARAÇÃO" COM ROBERTO CALDAS ALVIM DE OLIVEIRA – (LTr - 1993)

– GARANTIA DE EMPREGO JÁ EM VIGOR – (LTr - 1994)

– ESTÓRIAS PARA CRIANÇAS GRANDES – (ARTIGO - MARÇO/1996)

– COMENTÁRIO À CONVENÇÃO 158 DA OIT – (LTr – MARÇO/1996)

- NOVO DIREITO DO TRABALHO AO ALCANCE DE TODOS (LTr/ JULHO/1997 - COM NOVAS ALTERAÇÕES. (OITO EDIÇÕES)

- CURSO DE DIREITO COLETIVO DO TRABALHO (VÁRIOS AUTORES) - LTr/1997

- EMPREGADO OU SUPÉRFLUO? (PUBLICAÇÃO - JANEIRO/98 - LTr)

- COMISSÕES DE CONCILIAÇÃO PRÉVIA - COMENTÁRIOS À LEI 9958/2000 - (MONOGRAFIA)

- COMENTÁRIOS ÀS NOVAS REFORMAS DO JUDICIÁRIO - CONSULEX/2000

- A LEI DO RITO SUMARÍSSIMO E DAS COMISSÕES DE CONCILIAÇÃO PRÉVIA NA JUSTIÇA DO TRABALHO VISTA PELOS JURISTAS - FORENSE 2002 - (VÁRIOS AUTORES)

- ENSAIOS DE DIREITO DO TRABALHO

- CURIOSIDADES INÚTEIS - CARTAGO - SETEMBRO 2003

- RECURSOS TRABAHISTAS - LTr-2004 - VÁRIOS AUTORES

- O SERVIDOR PÚBLICO E A JUSTIÇA DO TRABALHO - VÁRIOS AUTORES - LTr-2005

- REFORMA DO PROCESSO TRABALHISTA - INDIVIDUAL E COLETIVO COM DRA. MARIA CLARA SAMPAIO LEITE - CONSULEX/2006

- LIVRO DE ALUVIÃO - POESIAS DEZ/2011 - EDITORA DOM QUIXOTE

- "DIREITO DO TRABALHO AO ALCANCE DE TODOS - ATUALIZADO" - EM CO-AUTORIA COM PAULA MACIEL - JULHO/2011 - Lei nova (DOZE EDIÇÕES).

– TEMAS CONTEMPORÂNEOS DO DIREITO" - VÁRIOS AUTORES – GUERRA EDITORA - 2011

– "ADVOCACIA EMPRESARIAL DO TRABALHO" – ESTUDO EM HOMENAGEM A GRANADEIRO GUIMARÃES – VÁRIOS AUTORES – 2012

– "DICIONÁRIO BRASILEIRO DE DIREITO DO TRABALHO" – VÁRIOS AUTORES – LTr –2013

– "VISÃO DA ADVOCACIA MACIEL NO DIREITO DO TRABALHO" – VÁRIOS AUTORES – AUTOR E COORDENADOR – NOVEMBRO/2012

– "ANAIS DA ACADEMIA DE DIREITO DO TRABALHO" - 2013 – VÁRIOS AUTORES.

– A REFORMA TRABALHISTA – O IMPACTO NAS RELAÇÕES DE TRABALHO – VÁRIOS AUTORES – DEZEMBRO DE 2017.

– A CENTRALIDADE DO TRABALHO E OS RUMOS DA LEGISLAÇÃO TRABALHISTA – LIVRO EM HOMENAGEM AO MINISTRO JOÃO ORESTE DALAZEN. – FEV. 2018 – VÁRIOS AUTORES.

– NOVOS RUMOS DO DIREITO DO TRABALHO NA ATUALIDADE - TRABALHO EM CONJUNTO REALIZADO EM LIVRO EM HOMENAGEM AO MINISTRO ALOYSIO CORRÊA DA VEIGA. – LTr-2019

– CURSO DE DIREITO PROCESSUAL DO TRABALHO – VÁRIOS AUTORES – LTr – 2019

– DIREITO E PROCESSO DO TRABALHO – VÁRIOS AUTORES – LTr

– COMENTÁRIOS À CONSTITUIÇÃO DE 1988 EM MATÉRIA DE DIREITOS SOCIAIS TRABALHISTAS. – VÁRIOS AUTORES – LTr – 2019

– NOVOS RUMOS DO DIREITO DO TRABALHO NA ATUALIDADE – VÁRIOS AUTORES – LTr – 2019

– CRISE ECONÔMICA E SOCIAL E O FUTURO DO DIREITO DO TRABALHO (ANAIS DO CONGRESSO INTERNACIONAL DA ACADEMIA BRASILEIRA DE DIREITO DO TRABALHO, FLS. 83). VÁRIOS AUTORES.

Breve Currículo

José Alberto Couto Maciel:

Membro da Academia Brasileira de Direito do Trabalho – cadeira n. 61., na qual foi diretor por três vezes.

Advogado com escritório especializado junto ao Tribunal Superior do Trabalho e Supremo Tribunal Federal faz 55 anos.

Assessor do ministro do Trabalho por oito anos.

Secretário jurídico do Supremo Tribunal Federal por dois anos.

Indicado para ministro do Tribunal Superior Eleitoral pelo STF por quatro vezes.

Ex-presidente do Instituto dos Advogados do Distrito Federal, é também membro do Instituto dos Advogados do Brasil, do Instituto dos Advogados de São Paulo, do Instituto dos Advogados do Rio Grande do Sul.

Grande oficial e comendador do Tribunal Superior do Trabalho (Ordem do Mérito Judiciário do Trabalho); comendador da Ordem São José Operário (Cuiabá); comendador do Mérito Judiciário do Tribunal Regional do Trabalho do Distrito Federal.

Membro da Associación Iberoamericana de Juristas del Derecho del Trabajo Guillermo Cabanellas.; membro da Asociación Iberoamericana del Derecho del Trabajo.

Membro do Instituto Histórico e Geográfico do Distrito Federal.

Professor de direito Individual e processual do trabalho.

Escritor com mais de cinquenta livros publicados, tendo o livro *Direito do Trabalho ao Alcance de Todos* vendido mais de um milhão de exemplares. Tem publicado mais de trezentos artigos jurídicos e três livros de poesia.

Artista Visual com duas exposições individuais realizadas.

Membro da Academia Brasiliense de Letras.

Cidadão honorário de Brasília.

Membro da elaboração da Consolidação das Leis do Trabalho de 1970 a 1975 na presidência do ministro Arnaldo Sussekind.

Presidente de Comissão interministerial de Economia de Combustível no Brasil, substituindo na presidência o Ministro Mozart Vitor Russomano.

Incluído pela Cambridge International Biographical como uma das duas mil personalidades do século XX

Edição: Adriana Maciel
Assistente de edição: Julia Bicalho
Produção editorial: Marina Lima
Revisão: Laryssa Fasolo
Projeto gráfico: Fernanda Brauner Soares
Imagem de capa: José Alberto Couto Maciel

Dados Internacionais de Catalogação na Publicação (CIP) de acordo com ISBD

M152v Maciel, José Alberto Couto

Vida vivida: histórias de um advogado / José Alberto Couto Maciel. - Rio de Janeiro : Numa Editora, 2022.
192 p. ; 16cm x 22cm.

Inclui índice.
ISBN: 978-65-87249-76-6

1. Autobiografia. I. Título.

2022-2783 CDD 920
CDU 929

Elaborado por Vagner Rodolfo da Silva - CRB-8/9410

Índice para catálogo sistemático:
1. Autobiografia 920
2. Autobiografia 929

www.numaeditora.com